買い物デート(?)
「あたしは別にいいんだけどな～？
菱田さんが彼氏でも」
浅岡旭
ILLUST
Shakkiy
A Dull Working Man Is Attracted To Runaway Gal
冴えない社会人、
家出ギャルに
モテる。

「菱田さぁ〜〜ん！
だずげでぐだざいいい〜〜〜〜！」
波多野藍良《はたのあいら》
職場のバイトで自称陰キャのJK。基本的にやる気がなくミスが多いが、バイトが終わると元気に帰っていく
「えへへ……ひしだくんとお喋りするの、
すき〜♪」
芹沢真奈美《せりざわまなみ》
職場の同僚。自他ともに厳しいクールな性格だが、酒を飲むと一転、甘々な本音が止まらなくなる
Premium
DRY
お酒
350ml

家に帰ると、ギャルがいる生活
「あっ、菱田さん！　おかえりー！」
Seiran Nashiro
名白《なしろ》星蘭《せいらん》
仕事帰りに助けた訳ありJK。家に帰れない事情があるらしくなし崩し的に同居することに

「この格好、どう？♫どう？」
清楚系白ワンピース

にゃあ
「可愛いにゃ？」
あざと系
ネコミミ
寝間着
どっちのギャルがお好きですか?

「早く帰ってこないかな……」

勘違いの裏側で……

A Dull
Working Man Is Attracted To
Runaway Gal

CONTENTS

冴えない社会人、家出ギャルにモテる。
ちょっと距離近すぎませんか？

浅岡 旭

ファンタジア文庫

3316

口絵・本文イラスト　Shakkiy

浅岡旭
ILLUST
Shakkiy
gal
冴えない社会人、
家出ギャルに
モテる。

プロローグ

可愛《かわい》い女の子と二人で暮らす。

想像しただけでドキドキする、男なら一度は夢見るシチュエーションだ。

朝起こしてもらったり、一緒に仲良くご飯を食べたり、帰宅時にお出迎えをしてもらったり。俺も学生時代、彼女がいない寂しさをそんな妄想で慰めたものだ。

でも……もし本当にそれが叶《かな》ったら。

それはそれで困ることになる。

「ねーねー、菱田《ひしだ》さん。起きてってばー」

「ん……むぅ……」

「もう九時過ぎだよー。十分寝たっしょ？」

「いいだろ、別に……まだ休みたい……」

「よくないって。今日仕事っしょ？」

布団《ふとん》の中でまどろむ俺の体をゆすり、可愛らしいソプラノボイスをかけてくる少女。

しかし俺はその声を無視して眠り続ける。

「あーもう……しょーがないなぁ……」

つんつん。

俺の頬に、彼女の指が触れる感覚。

「ほらー。早く朝ご飯食べてよー」

ぷにぷに。

「あはは。菱田さん、意外と肌柔らかいんだー？」

くっ……実力行使に出てきたか。

しかもなんかこれ、恥ずかしいな。女子に肌を触られるのって……。

でも、ここで起きたら負けな気もする。こうなったら、意地でも寝続けて——

「早く起きないと、写真撮って寝顔イ○スタに上げちゃうかんね？　タグはどうしよ？
#パパ活おじさん　#寝起き　#間抜け顔……」
「おい馬鹿やめろ！　人聞き悪い！」

「あっ、起きた。あははは。効果テキメンじゃ～ん♪」

反射的に布団から出た俺を見て、お腹《なか》を抱えて笑う少女。

名白星蘭《なしろせいらん》、十七歳。金色に輝くロングヘアーが特徴的な女の子。ピアスや髪飾りなどのアクセサリーをちりばめており、雰囲気から分かる通りのギャルだ。

そして彼女はワケあって、少し前から俺の住む借家で同居している。

「おはよ♪　菱田さん。いい朝だねー」

「あんま寝覚めは良くないな……。ってか、マジで写真撮ってないだろうな……？」

「あはは！　冗談だって～！　んなことしないし」

笑う星蘭。いまいち信用できないな……。

「でも、写真くらいよくない？　なんなら、ツーショット撮って投稿しちゃう？」

「しねーよ。ＪＫと同居とか、万一バレたら社会的に死ぬ。頼むからマジでやめてくれ」

「あれ？　これ振り？　振り？」

「振りじゃねーって。……ふわぁ。ねむ……」

口元を隠して大きなあくび。はぁ……仕事行きたくねぇ……。

「分かる～。じゃあさ、いっそ休む？　なんならあたしも付き合うよ？」

星蘭が俺のいた布団に座る。

「ほら、横おいで～？　やさしーあたしが寝かしつけてあげるー」

「ぐっ……！」

正直、魅力的すぎる提案だ。仕事を休んで、このまま二度寝。

しかし、誘惑には負けられない。俺は社会人として、仕事を休むわけにはいかない。

「馬鹿言ってないで、布団から離れろ。大人は簡単に休めないんだ」

「真面目かよ～。それなら早く着替えてね。あたし、ご飯温めとくから」

トテトテとリビングへ駆けていく星蘭。彼女の可愛らしい横顔と跳ねる金髪が、ギャルらしいキラキラした輝きを放つ。

まさか、こんな可愛い女の子と二人で暮らすことになるとはな……。昔の妄想が、二十四の社会人になってから実現するとは思わなかった。

でも今は女子と一緒のドキドキよりも、最近知り合ったばかりのJKと暮らしていることがバレないかどうかのドキドキが大きいんだけど……。

「菱田さーん、早くー。ご飯冷めちゃうー」

「あ、あぁ。分かった」

とりあえず、さっさと着替えてリビングへ行こう。

年の離れたJKギャルとの生活は、今日も慌ただしくなりそうだから。

第一章　ギャルは突然やってくる

「すいませーん！　注文いいですかー！」

「あのー！　取り皿もらえますー？」

「ちょっとー！　頼んだステーキセットまだー⁉」

「はーい！　少々お待ちくださーい！」

ホールのあちこちから上がる声に、俺——菱田陸《りく》は忙《せわ》しなく対応していた。

ファミリーレストラン、『アヴァロン』。俺の仕事は、ここのホールスタッフであった。

「大変お待たせいたしました！　ご注文をお伺いいたします！」

あっちこっちを行き来して、お客様たちの要望に応える。

「えーっと……デミグラスソースのオムライスと、ペペロンチーノをお願いします」

「かしこまりました！　少々お待ちくださいませ！」

注文を確認し、慌てず急いで厨房《ちゅうぼう》へ向かう。そしてキッチンに声を飛ばした。

「注文頼む！　デミオム一に、ペペロン一です！」

「分かったわ。すぐ作る」

そう答えたのは、キッチンスタッフの芹沢真奈美《せりざわまなみ》さん。切れ長の瞳や凛《りん》とした声が美しい、クールな雰囲気の女性である。俺と同い年の社員仲間だ。

「それと、ステーキセットはできたからよろしく」

「ありがとう！　助かる！」

淡々と言う彼女に答える。さっきから注文が立て込んでいて、真奈美さんも忙しそうだ。でも辛《つら》そうな表情を見せず、普段通り仕事をしてくれている。

頼もしいな。俺も疲れてるけど、頑張らないと！

「あうぅ……忙しい……忙しすぎるぅ……」

そう思った直後。ウェイトレスの女の子が、涙目で厨房に入ってきた。

「う～……もう嫌だぁ。働きたくない～」

アルバイトの女子――波多野藍良《はたのあいら》ちゃん。死にそうな顔つきで不満を言う。

「藍良ちゃん、気持ちはわかるけど頑張ってくれ！　二十一時にはピーク過ぎるから！」

「い～や～だぁ～。っていうか、なんで今日こんな混んでるのさぁ～……」

「んなこと聞かれても……やっぱり、土曜日だからじゃない？」

「休日にシフト入れるとか……菱田さんマジでイカれてやがるぜ……」

ごめんって。でもしょうがないじゃん。ただでさえ今人手足りないし。

「こんな忙しいところにいられるかぁ～！　私はもう、お家《うち》帰るからなぁ～！」

「藍良さん。いい加減にしなさい」

「ぴぃっ⁉」

突如、藍良ちゃんにかけられた冷たい声。それは真奈美さんのものだった。

「だらしない人間はこのお店にはいらないけれど、今は働き手が少ないの。ちゃんとやらないと、怒るわよ？」

「で、でもぉ～……」

「い・い・わ・ね？」

「うっ……うわ～ん！　やればいいんでしょ～～～！！！」

有無を言わせぬ迫力に、藍良ちゃんが涙目で答える。

だが、泣くのは藍良ちゃんだけじゃなかった。

「うぅっ……ぐすっ……。それじゃあ、注文です……。ビール十に、枝豆五。唐揚げ三に、天ぷら、コロッケ、餃子《ギョーザ》とポテサラ」

「えぇっ……⁉」

怒濤《どとう》の注文に、さすがの真奈美さんも固まる。

「そ、そんなにたくさん……？」

「はい。なんかデカい男の集団来たんで～。また追加あるんじゃないですかね～……？」

「くっ……！」

「もういっそ、一緒にサボりません？　お店このままにして皆で逃げたら、きっと幸せになれると思うし……」

「…………ありかもね」

こら、藍良ちゃん。そそのかすな。そんで真奈美さんも乗っちゃダメ。

「とにかく！　藍良ちゃんは五番さんに取り皿運んで！　ステーキセットは俺が運ぶ！」

「うぅ……わかりましたよ～――うぎゃあああっ⁉」

「ちょっ⁉　何やってんの藍良ちゃーーーん！」

藍良ちゃんが、運ぼうとした取り皿を全て床にぶちまけてしまった。盛大な音を立てながら、皿だった物の破片が散らばる。

「菱田ざん～‼　だずげでぇ～～‼」

「あああああ！　待って！　ステーキセットだけ運ばせて！」

「菱田くん、ごめんなさい！　ビール注《つ》ぐの手伝って！」

「ですよねええ！　よし、ちょっと待って！　今分身するから！」

そんな具合に騒ぎながら。俺はいつものように、仲間たちと仕事に励んでいた。

※

「はぁ……しんどい……」

深夜0時ごろ。俺はフラフラになって、家の最寄り駅近辺にある繁華街を歩いていた。

結局あの後、ミスを連発する藍良ちゃんの尻拭いをしたり、大量の注文で多忙になったキッチン側のサポートをしたりで、とんでもない忙しさになった。締め作業にも時間を取られて、店を出たのは二十三時を過ぎたころ。体はこの時点でヘトヘトだった。

しかもその後、ストレスのあまり居酒屋に寄ったのも良くなかった。気晴らしになればと滅多に飲まないアルコールを飲んだら、ビール三杯で頭ぐるぐる。これ以上はマズイと思い、慌てて店を出たのである。

そして現在。俺は千鳥足で家路についているのだった。

「あぁ……気持ち悪い。しかも明日も仕事かぁ……」

世間的には明日は日曜で、今日と同じくらい混みそうだ。藍良ちゃんじゃないけど、俺も辞めたくなってきた。

ただでさえ、今日で五連勤だし。そろそろゆっくり休みたい。

「まぁ、皆頼ってくれるけどさ……うぇ……」

信頼されて嬉《うれ》しくはあるが、その分どうしても疲れは溜《た》まる。出勤が続く割に連休はほとんどないこともあって、最近は寝ても疲労が回復し辛《づら》くなっていた。

「もういやだ……疲れた……ほんと死ぬ……」

しかも、酔いで気持ちが悪いし眠い……。もうアスファルトで熟睡しそうだ。

いや……あと少し……あと少しだ。繁華街を抜けて住宅街を何分か歩けば、すぐに俺の家に着く。

まぁ……帰っても風呂入ったり洗濯物を畳んだりで、全然ゆっくりできないが。

なんか、生きるの辛すぎませんか？　俺が自由に楽しめる時間、いつもほとんどないんですが。どれだけ休んでも疲れは全然取れねえし。俺、社会人向いてないのかも。

はぁ……。せめて、なんかイイコトないのかよ……。

「ねぇねぇ、おにーさん。ちょっといい？」

「え……？」

人生を悲観して歩いていると、誰かに声をかけられる。

振り返ると、制服姿の女子が立っていた。

か、可愛《かわい》い……。ぱっちりとした瞳に、長くて美しいまつ毛。鼻筋はスッと通っており、唇はプルプルで張りがある。そして綺麗《きれい》な金髪が、月光を反射し輝いている。これぞ美少女といった風貌の子が、俺の顔をじっと見つめていた。

「えっと……今、俺を呼んだのか？」

「うん」

頷《うなず》き、こちらに寄ってくる少女。

誰だこの子？　制服を見るに女子高生なんだろうけど……知り合いにこんな子はいないはず。というか、なんでこの時間にＪＫが？

俺の困惑などお構いなしに、彼女が上目遣いで尋ねる。

「おにーさん、暇？　もしよかったら今からどう？」

「は……？」

「三……いや、ホ別の二でいいから。ゴ有りなら、基盤でもいいし」

この子は、何を言っているんだ？　酔っているせいか、意味が分からない。

「あれ、通じない？　あたし専門用語間違えた？」

「えっと……。よく分からんが、俺に用か？」

「あ、うん。だから、お誘いなんだけど……」

お誘い？　なんの？　ダメだ。ますますよく分からん。

「その～……つまりは、パパ活的な？」

「え？」

「今から、あたしと遊ばない？　その代わり、お金欲しいなーって」

ああ……なるほど。そういうことか。

よく見たら彼女、いかにも遊んでいそうな感じではある。金髪もそうだし、ピアスやネックレスなどのアクセサリーも光っている。それに、爪にはネイルが施されていた。

端的に言うと、完璧なギャルだ。

「おにーさん、お願い。あたし今全然お金なくてさ」

「おいおい……君なぁ……」

最近のJKはどうなってるんだ？　見ず知らずの男に、こんな誘いをするなんて。

「君は、いつもパパ活なんかしてるのか？」

「いや、ぶっちゃけ今日が初めてで……おにーさんに最初に声かけた感じ？」

「だったら、今すぐ止《や》めるんだな。危ない思いをする前に」

それだけ言って歩き出す。こっちは、疲労と酔いでフラフラなんだ。

「あっ、待って待って！　おにーさん！」

「うぉっ……!?」

少女に腕を引っ張られ、よろけて転びそうになった。

「マジお願い！　パパになってよ～。じゃないとあたし野宿だし」

「野宿って……家に帰ればいいだけだろう」

「や～……それがさ。今あたし、家ないんだよねー」

「家がない？」

「うん。実は今家出中で」

「マジかよ……」

ただのお小遣い稼ぎじゃなくて、死活問題なのかよ。パパ活。

これは、厄介な女子に絡《から》まれたぞ。そのせいか、また吐き気が襲ってきやがった。頭もやっぱりグルグルするし……。

「君なぁ……馬鹿なことしないで早く帰れよ。皆に心配かけるだろ」

「それはダメ。絶対帰らない」

「だったら、一人でホテルにでも泊まってくれ」

「だから、お金ないんだって。おにーさん一緒に泊まろうよ。えっちしてもいいからさ」

「馬鹿。そんな方法で稼ごうとするな」

「だって、他に方法ないし……」

「じゃあ、交番とかで相談してくれ」

「ダメだって！　絶対家に帰されちゃうじゃん！」

いやまぁ、そうなるだろうけどさ。

はぁ……なんかもう限界だ。酔いで頭が回らない。

「ねぇ、おにーさん。せめてタダで寝られるとこ知らない？　野宿以外ならいいからさ」

「あ～……」

酔いの眠気で、頭に霞《かすみ》がかかったようだ。体もいよいよ倒れそう。もう休まないと、本気でマズイぞ。今すぐ家に帰りたい。もう、帰れるなら何でもいい。

そう思い、俺は言っていた。

「じゃあ……もう、俺ん家《ち》来るか……？」

※

『おはよう！　朝だよ～！　起きて～！　起きて～！』

「ん……むぅ……」

小さな頃から愛用している、目覚まし時計の音が鳴る。

それに意識を引き戻されて、俺は布団《ふとん》で身じろぎした。窓から日光が差し込み眩《まぶ》しい。

もう朝か……。なんか、まだかなり疲れがあるな……。

「あぁ……やっぱり寝足りねぇ……」

でも目覚ましが鳴ったということは、すでに七時になっている。俺は今日、八時半には出勤して開店準備をしないといけない。そのためには、もう起きないと。

「あ〜あ……。でも、今日行けば久々の休みかぁ」

新聞や雑誌、脱ぎ捨てた服が散乱している部屋の中、ぼやけた目を気だるげにこする。

そしてあくびを噛《か》み殺し、上半身を起こそうとする。

その時。俺は違和感に気づいた。

「ん……？」

何かが、俺の右手にしがみついている。

「な、なんだ……？」

布団の中で、温かい何かが密着している感覚だ。そのせいで俺は起き上がれない。

不思議に思い、俺は掛け布団を剝いだ。

すると――

「すぅー……すぴー……」

「なっ……⁉」

――とんでもない美少女ギャルが、俺の隣で眠っていた。

鮮やかな金髪に、整った可愛らしい顔立ち。差し込む陽光のせいもあってか、美しく輝いて見える少女だ。

ただし……俺はこの子と面識がない。

「うわあああっ⁉」

どうして俺の部屋にギャルが？　もしかすると、泥棒とか……。いや、だとしたら俺の隣で寝ている意味が分からない。

しかもこいつ、俺の腕を抱き枕にしている。そのため右腕に彼女の胸が当たっていて、柔らかい感触が伝わってくる。

なんなんだ、この状況は……！　なぜ俺はギャルに抱き着かれている？

「んぅう～……くふぁぁ～～……」

しかもこんな、ギュッてしがみつくように……。これじゃ、まるで恋人じゃないか。

「あっ……」

ZZZ..

俺の大声のせいだろう。寝ている少女が声を上げる。

そのままごしごしと目をこすり、金髪ギャルが俺の方を向いた。

「あ、おにーさん……。おはよぉ～。ふあぁ……」

呑気《のんき》にあくびをする少女。

驚き。そしてそれ以上の困惑。わけが分からず、中々言葉が出てこない。

でも、このまま黙っているわけにはいかない。俺は言葉を絞り出す。

「君……誰だ……？　どういうつもりで、俺の家に……？」

それだけ言うのがやっとだった。人間、本当にテンパると喋《しゃべ》ることすら難しくなる。

一方彼女は、あっけらかんと笑って答える。

「どういうつもりって……あはは、ひどくね～？　おにーさんが入れてくれたのに～」

「えっ……俺が？」

どういうことだ？　意味が分からない。

そんな俺を気にせず、ギャルは部屋の時計を見た。

「あっ、もうこんな時間じゃん。とりま……ご飯でも作ろっか！」

元気よく布団から立ち上がる彼女。

「えっと～キッチンこっちだっけ？　おにーさん、なんか食べたいものとかある？」

「い、いや……なんで君が作ろうとしている⁉」

「だって、これから置いてもらうんだし。家事くらいするの当然じゃんね？」

は？　置いてもらう？

「おいおい、何の話をしてるんだ君は？」

「だからー。おにーさんに許可もらったじゃん。昨日」

昨日……？　んな馬鹿な。俺がそんな許可出すわけが――

『じゃあ……もう、俺ん家来るか……？』

「――あ」

唐突に記憶の扉が開いた。

そう言えば昨日、女の子を拾ったような気がする。繁華街でパパ活していたギャルを。

「おにーさんが連れて来てくれたから、あたし隣で寝てたんだけど」

よく見ると、俺が寝ていた布団の隣に座布団が何枚か敷かれている。どうやら最初はそこで寝ていて、寝相で俺に抱き着いたらしい。

「マジか……何してんだよ、昨日の俺……！」

眠くて朦朧《もうろう》としてたとはいえ、どこの誰とも分からない女子を拾うなんて……。

しかも、この子。見るからに……。

「なぁ、君……。一応聞くけど、年齢は……？」

「あっ、自己紹介してなかったね。ごめめ～」

冷蔵庫を漁《あさ》っていた彼女が俺を振り返る。

「あたし、名白星蘭《なしろせいらん》！　十七歳でーす！」

やっぱり未成年じゃねえか！　縋《すが》られたとはいえ、未成年の女子を親の許可なく家にあげるとか……立派な未成年者誘拐罪だ！

「それで？　おにーさんのお名前は？」

この状況、どうすればいいんだ？　今からでも警察に連れていくべきだろうか？

いや、待て！　その前にこの子の両親に連絡を……！

「ねー。おにーさんも、名前教えてよー」

「き、君！　家の電話番号を教えてくれ！　今すぐ！」

「え？　家？」

「君を預かってること話すから！　それに、できれば迎えに来てもらって――」

「ヤだ」

短く言い捨てる彼女、星蘭。

「だって、連絡取りたくないし」

「昨日言ったっしょ？　あたし今家出中なんだよね。だから、電話とかあり得ないし」

そういえば、言ってた。家出してるから行く当てもないし警察にも頼りたくないと。

「だからメッチャ助かったよー。おにーさんが家に置いてくれて！」

もしかして俺は、とんでもなく厄介な拾い物をしてしまったのでは？

「ってわけで、おにーさん！　今日からよろ！」

「ま、待て！　俺はまだ家に置くとは言ってないぞ！」

「え？　でも昨日は家に来るかって……」

「あれは眠くて仕方なくだな……とにかくダメだ！　許可できない！」

「マジ……？　え？　マジでダメな感じ……？」

さっきまでの笑顔から一変。不安そうにこちらを見つめるＪＫ。

うっ……少しだけ心が痛む。しかし親戚でもない以上、未成年の女子は匿《かくま》えない。

「悪いけどダメだ。というか、君だって嫌じゃないのか？　見ず知らずの男の家なんて」

「あー、うん……。それは大丈夫かな。いちおー覚悟はできてるし」

「覚悟？」

「おにーさんがシたいなら、えっちしてもいーよってこと」

何でもないことのように、トンデモ発言をしやがるＪＫ。

「タダで泊めてもらうのも悪いし。あたしで良ければ好きにしていーよ」

「おまっ、あのなぁ……！　軽々しくそういうこと言うな！」

「えっ。こわわ……。おにーさん、怒ってる？」

「当たり前だ！　自分の体を大事にしろ。それに俺は、子供にそんなのは求めない」

「じゃあ、この家あたしにとって安全じゃん」

「なっ……」

しまった。ＪＫに論破されそう。

「そういう問題じゃなくてだな……。簡単に男を信用するなと言いたいわけで……」

「大丈夫だって。それにどんな人も、あたしの親よりやさしーっしょ」

「は……？」

おい、どういうことだ？　この子、親に何かされたのか？

「とにかくあたしは大丈夫。だから、ちょっとだけ置いてくれない？　ダメ……？」

「うぐっ……！」

瞳をキラキラと輝かせ、上目遣いをするＪＫ。

この子、正直すごく可愛《かわい》い。初めて見た時も思ったが、この顔立ちの整い方は、モデルをしていてもおかしくない。そんな子に縋られてしまったら、断れるものも断れなくなってしまいそうだ。

「ねぇ……お願い、おにーさん。あたしを助けて……？」

くそっ……！　あざとさなのか、天然なのか。自分が可愛く見える角度を知っているようなおねだりの仕方だ。

でも、どれだけ頼まれても聞き入れてあげるわけにはいかない。なぜなら、犯罪行為になってしまうから。

もちろん、困っている子を見た以上は助けてあげたい気持ちもある。だが行きずりの者としては、一晩泊めたことで十分親切を果たしたはずだ。

それに、こんなことで悩んでいる暇なんてないんだ。なにせ、俺は今日も仕事だし。ぐずぐずしてたら遅刻してしまう――

「って、うわぁ！　時間やべぇ！」

時計を見ると、いつもならすでに家を出る時間だ。このギャルと話している内に、思ったより時間が経《た》っていた。

「おにーさん、どーしたの？」

「仕事だよ仕事！」

セクハラ認定されないよう、ちゃんと部屋から出て着替える。そして急いで顔を洗い、出勤の準備を整える。

「えーっと……とりあえず、あたしはお留守番？」

「いや、留守番じゃなくて！　君は早く出て行ってくれ！」

「でも……。あたし、ほんと行く場所なくてさ……」

「あ～！　じゃあ、とりあえず俺が帰るまでいていいから！　とにかく仕事行かないと！」

一度の遅刻でも、信用は大きく失われる。社会人として致命的だ。

「それじゃあ、俺は行くからな！　せめて大人しくしててくれ！」

「あっ、待って！　おにーさん！　名前、あたしまだ聞いてない！」

「ああもう、菱田陸《ひしだりく》！　じゃあ急ぐから！」

「菱田さん……ね。行ってらっしゃい！」

ギャルに見送られながら、俺は『アヴァロン』へと急いだ。大きな問題を先送りにして。

※

レストランの仕事は当然、開店前から始まるものだ。

キッチン担当の真奈美《まなみ》さんであれば、厨房《ちゅうぼう》で料理の仕込みに精を出す。そしてホールの俺であれば、店の掃除などの開店準備。

加えて、不出来なバイトを指導するのも、この時間の内にやるべきことだ。

「菱田さぁ〜ん！　だずげでぐだざいぃぃ〜〜！」

「藍良《あいら》ちゃん、またなんかやったの⁉　……げっ！」

藍良ちゃんの叫びを聞いて駆け付けると、レジの周囲に大量のお金が散らばっていた。

どうやらレジを開ける作業中、お金をまとめてぶちまけたようだ。

藍良ちゃん……昨日の皿といい、ミス多いなぁ……。

「ううぅ……もうやだぁ〜……帰りたい……」

「はいはい現実逃避しないの。とりあえず一緒にお金拾うぞ。俺も手伝ってあげるから」

「うぅ……ありがとうございます……。菱田さんって頼りになるわぁ……」

「頼られるのは嬉《うれ》しいけど、そろそろこれくらい一人でやってね？」

「約束できませぇん……」

してください。マジで。

「はぁ〜……やっぱり仕事は嫌だぁ……」

一緒にお金を拾いながら、藍良ちゃんが魂からの本音を呟《つぶや》く。

「藍良ちゃん……ホントやる気ないよなぁ。なんでバイトなんか始めたんだ？」

藍良ちゃんはまだ高校生で、今日みたいな土日や、平日の夕方に働いている。しかし、本来ならまだ仕事をしなくてもいいはずだ。

「え？　普通に貯金ですよ～……。今の内からお金貯《た》めたくて」

「貯金？　藍良ちゃん、偉いじゃん！」

思ったより真面目な回答だ。学生時代から貯金を考えて実際に行動しているなんて、意外としっかりしてるじゃないか。

「私、若い内からいっぱい貯金して、将来は四十手前で早期リタイアするのが夢なんで。最先端の若者はそういう生き方望んでるんで～」

あぁ……そう聞くとスゲー藍良ちゃんらしいわ。

「じゃあそのためにも、業務はちゃんとやらないとな。……よし、お金はこれで全部か」

散らばったお金を集めて、数える。ちゃんと残さず拾えたようだ。

「レジはこれでオッケーだな。掃除もしたし、開店準備は大体できたか」

「マジですか？　それじゃあ、ちょっと休憩を……」

「待て、藍良ちゃん。その前に、君は接客練習だ」

「ええ～!?　練習～～!?　嫌いな言葉……」

　仕事、努力、練習、挑戦。彼女はこれらが苦手らしい。もっと前を向いて生きてくれ。

「ってか、接客なんて適当でいいじゃ～ん……」

「ダメだ。藍良ちゃん、接客雑すぎるんだよ。サービス業だし、ちゃんとしないと」

「だって、お店側が丁寧な態度をとりすぎるから、変なお客さんは付け上がるんですよ。ウチにも時々来るじゃないですか～。変なクレーマー気質のヤツ」

「まぁ、確かに来るけどさ」

　サービス業である以上、そういったお客さんも時々は来る。こっちに落ち度がなかったとしても、色々と因縁をつけてくる人が。

「知ってました？　病院も昔は患者のことを『患者様』って呼んで神扱いしてたんですけど、それだと付け上がる人がいるんで今じゃ『患者さん』になったらしいですよ？」

「え？　本当に？」

「だからうちらも、『いらっしゃいませ、お客様』じゃなくて『よく来たな、客』ぐらいでいいでしょ～。ペコペコするの疲れるし……」

　それはさすがに砕けすぎだろ。

「ってかむしろ、来店拒否したい……。私がシフトに入ってる間は、誰も客なんか来なけりゃいいのに……」

「とにかく接客は重要だから。とりあえず、まずは挨拶の練習からするぞ」

マニュアルを取り出し、改めて藍良ちゃんと共有する。

「まずはここに書いてある通り、来店の挨拶を読んでくれ」

「はぁ……。いらっしゃいませぇ〜……お客様ぁ〜〜……」

ぐだ〜っとした顔つきで、覇気のない声を出す藍良ちゃん。どうしよう。ダメなところしか見つからない。

「まず、お客さんの顔見てため息つかない。お客さん多分ブチ切れるから」

「こうすれば、大人しく帰ってくれるかなって……」

「帰らそうとするな！　はい、もっかい！　真面目にやって！」

「うぅ……いらっしゃいませ、お客様〜……」

「違う違う！　最後に言葉を伸ばさない！」

「いらっしゃいませ……お客様……」

「もっとちゃんと声出して！」

やっぱり、いつも仕事中テンションの低い、藍良ちゃんの指導は骨が折れる。

何度かやり直させてみたが、中々うまくやってくれない。これくらい気持ちさえあればすぐに何とかなりそうなもんだが……その気持ちがこの子にはないからなぁ。

「う～ん……やっぱ藍良ちゃん、接客系は向いてないな。まずもっと笑顔にならないと」

「うわぁ、女性従業員に笑顔を強要する男性社員。こんなんセクハラだ。セクハラだ～」

「セクハラじゃないわ！　お客さんには笑顔を向けろって言ってんの」

誰も俺に笑顔向けろとか言ってないから。

でも、セクハラか……。ある意味俺は、それに近いくらい危険なことをしているかも。

頭に一人の少女が浮かぶ。それは当然、家に残してきた星蘭《せいらん》というギャルだった。

社会人がＪＫを家に連れ込むなんて、誰が見ても犯罪だ。もしこのことが誰かにバレたら、俺は社会的に終わる。当然、職場にもいられなくなるだろう。

本当に厄介なことになったな……。とりあえず置き去りにしてきちゃったけど、帰ったらどっか行ってるといいなぁ。

「菱田君……？　どうかしたの？」

「えっ……うわぁ！」

声に振り向くと、後ろに真奈美さんが立っていた。体が反射的にビクッと跳ねる。

「失礼ね……もっとマシな反応があると思うのだけれど」

「ご、ごめん……つい、びっくりして……」

「まあいいわ……。まかない作ったから、藍良さんと一緒に食べて。ぐずぐずしてると開店時間になってしまうわ」

「あ、もうそんな時間？　わかった、ありがとう」

「あぁ～……嫌な仕事が始まる～……」

開店が近づき、より渋い顔になる藍良ちゃん。俺はそんな彼女とテーブルを囲み、真奈美さん作のピラフを食べる。

そして、今日も忙しく働き始めた。

※

「いやったあぁーーっ！　仕事終わったぁーーー！！」

閉店後。藍良ちゃんが、仕事中とは別人のようにテンションを上げて叫び出した。

「これで今日のお仕事終っわりー！　私は自由だー！　うはははーーー！！」

「相変わらず元気だなぁ……」

仕事終わった後だけは。

藍良ちゃんはいつも、仕事が終わると急激に力がみなぎるタイプなのだ。

「じゃっ、菱田さん。お疲れっしたー。波多野《はたの》藍良はクールに去るぜ！」

ドタドタと足音を立てながらスタッフルームへ駆ける藍良ちゃん。全然去り方クールじゃねえ。

「まったく……。あの元気が仕事中にもあればいいのだけれど」

「あっ、真奈美さん」

厨房から様子を見ていたらしい真奈美さんが、ため息交じりに呟いた。

「お疲れ様。厨房の方も片付いた？」

「ええ。後はちょっとした作業だけよ」

キッチンで働いている他のバイトたちも帰ったようだ。残っているのは、社員である俺と真奈美さんだけ。

「じゃあ俺も、締め作業パパッとやっちゃうか。真奈美さんも、片付けを――」

「あ、ちょっと待って。菱田君」

バックヤードに行こうとした俺を、真奈美さんが呼び止める。彼女は一瞬厨房に戻り、何かを持って戻ってきた。

「この料理、試食してくれると嬉しいのだけれど……」

「あ！　もしかして新メニュー考えたのか？」

ウチの会社では二か月に一度、新メニューのコンペが開かれている。そこで本部に認められれば、自分で考えた一品が正式に採用されることになるのだ。そのため真奈美さんのように、業務後に料理の研究をするキッチンスタッフは多いらしい。

「ええ。今回作ったのは、子供向けのメニューよ」

「へぇ〜。これは、パスタかな？」

彼女が持ってきたお皿を見ると、見慣れないパスタ。このソースの匂いは、もしかして……。

「ウチのメニューのキーマカレーにケチャップを混ぜたソースを、パスタと和《あ》えてみたの。キーマカレーナポリタンよ」

「なるほど！　子供の好きな物を掛け合わせてみたわけか」

カレーうどんしかり、美味《おい》しい物と美味しい物の組み合わせは単純に見えて、本当にうまくなったりするからな。

「とりあえず、早速食べてみて。ちょうどお腹《なか》も空いているでしょう？」

「ありがとう！　いただくよ」

フォークでパスタを巻き巻きし、ほお張る。そして咀嚼《そしゃく》しながらよく味わう。

「うん……うん！　うまい！　さすが真奈美さんだ！」

「そう？　よかったわ。今回のは自信作だから」

キーマカレー自体もうまいが、それがケチャップと混ぜ合わされたことで、より深みのある味になっている。キーマカレーの細かく刻まれた具材もパスタと相性がいいし、食べやすさ的にも花丸だ。

「ちなみに、改善点は思いつくかしら？　コンペまでに改良したいのだけれど……」

「うーん、そうだな……。現時点でも十分美味しいと思うけど……」

頼られている以上、何か言えないかと考える。そして、一つ閃《ひらめ》いた。

「味に関しては文句ないけど、見た目にもう少し華があるといいかも。例えば、卵黄を真ん中に落としてみるとか」

「なるほど。言われてみれば、その通りね」

「それと、子供用のメニューなら、もう少しだけ甘くしたらどうかな？」

「た、確かに……！　私としたことが、失念していたわ……」

メモを取り出して、真奈美《まなみ》さんが俺の意見を書き残す。

「ありがとう、菱田《ひしだ》君。とても参考になる意見だったわ」

「いやいや。これくらい誰でもできるよ。食べて感想言うだけだし」

「そんなことはないわ。菱田君は率直に的確な意見を言ってくれるもの」

そうだろうか……？　まぁ、確かにこの職場では正社員自体少ないしな。対等な立場で話せる俺は、貴重な存在なのかもしれない。

「その代わり、バイトの育成は下手なようだけど」

うぐっ……！

「開店前のアレ、見ていたわよ。藍良《あいら》さんにはもっと、ビシッと言った方がいいと思うわ。さすがにミスが多すぎるもの」

「まぁ、それはそうなんだけどさ……」

確かに真奈美さんの言う通り、藍良ちゃんはミスが多いし言動も怠けすぎている。本当はもっと厳しく叱って、教育するべきなのはわかる。

「お客様に不快な思いをさせてしまっては大変よ。その前に、ちゃんと言い聞かせないと」

「う、うん……。でも、あんまり、厳しく言うのは苦手でさ……」

「まったくあなたは……ほんと、お人よしというか、ヘタレというか……」

呆《あき》れてため息をつく真奈美さん。褒められたと思えば、すぐに痛いところを指摘してくる。相変わらず彼女は手厳しい。

「それなら、一度私から言ってあげましょうか？　一時間くらいお説教して——」

「それはやめたげて。あの子辞めちゃう」

ただでさえ人手が不足気味なのに、辞められてしまってはエライことになる。

真奈美さんは基本的に正しいんだけど、そのド正論パンチが厳しすぎるとバイトの間で有名だからな。少し前もあまりやる気のない厨房《ちゅうぼう》のバイトが、真奈美さんに淡々と諭された結果、泣きながら店を出ていったっけ。

あの時は真奈美さんが怒った途端にゲリラ豪雨が降り始めて、「おい、見ろよ。空が泣いてるぜ」「ちげーよ。ビビッて小便漏らしたんだよ」と他のバイトが話していたなぁ。笑いをこらえるのが大変だった。

「……何か失礼なことを考えなかった？」

「い、いや！　全然！」

ギロッと冷たい目で睨《にら》まれる。怖い。

「まぁ、いいわ。とにかく、アドバイスありがとう」

「あ、うん。役に立てたなら嬉《うれ》しいよ」

「それと……これからも何かあったら相談させて。料理のことも、仕事のことも。これでも一応頼りにはしているから」

「それはこちらこそ」

俺と真奈美さんは他のスタッフの誰よりも息が合うからな。やはり同期なだけあってか、本当に仕事がしやすいのだ。だからお互いに重宝している。

「あなたも、何かあったら遠慮なく相談して頂戴」

「ありがとう。とりあえずは気持ちだけもらっておくよ」

「そう？　今日は何か悩み事があるようだったけど」

「えっ……？」

マジ？　真奈美さん、気づいてたのか？

「だって、いつもより明らかに暗い表情をしていたわ。ため息もついていたようだし」

さすが真奈美さん。冷静に周りをよく見てらっしゃる。

「何か困ったことがあるなら、私で良ければ話して頂戴。試食のお礼に相談に乗るわ」

「ありがとう。でも、俺は大丈夫だから」

まさか、『家出したギャルを拾いました』なんて口が裂けても言えるわけない。さすがに通報はされないにしても、間違いなく信頼を失う。

「そう……。それならいいのだけれど。じゃあ早く帰って寝ることね。明日はお休みなんでしょう？　連勤の疲れを癒《いや》して頂戴」

「そうだね……そうさせてもらうとするよ」

※

と、真奈美さんに言ったはいいが……。

「休めそうにはないんだよなぁ……」

帰路を歩きながら、俺は大きなため息をつく。

明日が休日なのはそうだが、家に帰ったらあの星蘭《せいらん》というギャルがいる。あの子を何とかしないことには平穏は訪れないだろう。社会的に抹殺される可能性が付きまとう。

「あの子、大人しくしてるといいけど」

朝は問題を全て丸投げして出勤してしまったからな。もしもあの子が外に出て、それをご近所さんに見られたら変な噂《うわさ》がたつかもしれない。それはマジで勘弁だ。

しかも仮に家にいたとしても、家の中を荒らされたら困る。例えば引き出しやタンスを漁《あさ》ったりとか……。

「いやいや、さすがにそれはないか」

あの子はただの家出少女。泥棒でもあるまいし、そんな家探しみたいなことは……。

「ん……？」

ちょっと待てよ……？

今の家にはあの子が一人だけ。盗みを働いて逃げようと思えば、簡単にできる状況だ。そして彼女は、お金のない家出少女である。あの子にとってこれはチャンスなのでは？

「うわ、ヤベェ！」

突き飛ばされたかのように、ダッシュ。

俺としたことが、甘かった。素性の知れない女子を家に置いたままにするなんて。こんなん、何をされても文句は言えない。通帳とかカードとか、色々盗まれてもおかしくない。その上警察に相談しても、俺が未成年の女子を家に入れたことがバレるし……。これはとんでもない状況だぞ。

おまけに俺は相手の素性をほぼ知らない。逃げられたら追いかけることは不可能だ。

「くそっ……！　貴重品とか、全部引き出しにブチ込んでるのに……！」

もしも彼女が盗人《ぬすっと》なら、俺が家を出て働いている間、いくらでも家探しして逃げる機会はあった。今更急いでも意味はない。それでも不安と焦《あせ》りから、俺は全力で大地を蹴る。

住宅街を走り抜け、俺の家がある通りに到達。敷地《しきち》に飛び込み、ドアノブを回す。

「はぁっ……はあっ……！」

玄関の鍵は、俺が出勤した時のままかかっていた。つまり、星蘭は中にいる可能性が高い。もし出ていった場合、鍵の無い彼女では施錠《せじょう》できないから。

だが、それでも油断はできない。窓から逃げた可能性もある。

息を切らしつつ、俺は鍵を取り出して開錠。なにもされていないことを祈り、勢いよく玄関を開いた。

そしてその直後、俺は固まる。

「えっ……？」

「あれ？　菱田さん……？」

玄関扉を開いた先。廊下には星蘭が立っていた。

なぜかバスタオル一枚しか身に纏《まと》っていない、非常に無防備な格好で。

「は、はだか……？」

ほのかに立ち上る湯気を見るに、きっとお風呂上《ふろあ》がりなのだろう。この家は玄関の横の扉がバスルームだから、風呂から上がって出てきたばかりということか。

いや、それよりも彼女の姿。一応タオルを巻いてはいるが、真っ白な肩や胸の谷間がほとんど見えてしまっている。

あられもないその格好に、俺は呆《ほう》けて固まってしまう。

「〜〜っ⁉」

瞬間、星蘭が真っ赤になる。そして彼女は脱衣所へ戻り、扉をバタンと強く閉めた。

どうやら、最悪なタイミングで帰ってきてしまったらしい。

彼女の反応ももっともだ。男にあんな姿を晒《さら》してしまって、恥ずかしがらないわけがない。やがて、脱衣所の中から彼女のうめき声が聞こえる。

「うう……やばい。まじやばい……。ってか、あたし今スッピンじゃん！　最悪……！」

「スッピンの方がウェイト大きいのか……」

ギャル的には半裸より素顔の方に、より恥じらいを感じるらしい。

※

「改めて……お帰り、菱田さん！」

「あ、あぁ……ただいま……」

リビングにて。服を着た星蘭の言葉に、我ながらげっそりとした声で答える。

貴重品を盗まれ逃げられている、なんてことはなくて良かったが……まさか、彼女のあんな姿を見ることになってしまうとは。これはこれで心臓に悪い。

「あー、でも恥ずかったー。まさか、いきなりガチのスッピン見られちゃうとか……お願

いだから忘れてね……？」

「わ、分かってる……。大丈夫だ……」

体の方は、一応バスタオルで隠していたからセーフなのだろうか？　まぁ、セクハラ扱いされなくてよかった。

「それと、シャワー勝手に使っちゃってゴメンね？　でも、汗とか流さないと逆に迷惑かと思ったからさー」

「それも大丈夫だ……気にしてない……」

顔を赤くする星蘭に、俺もつられて赤くなる。

しかし、今の件で改めて思った。やっぱりこの子は早く追い出すべきだ。このまま家に置いたりしたら、またあんな事故やトラブルが起きる。

それに何より、これは犯罪だ。いくら彼女の同意があっても、どこの誰かも分からない少女を家に置いておくわけにはいかない。

朝は出勤のせいでなぁなぁになってしまったが、ちゃんと出ていくように言わなければ。

そう思い、俺は俯《うつむ》いていた顔を上げる。

「あれ……？」

その時、違和感に気が付いた。

「なんか リビング、綺麗《きれい》になってないか……？」

ここのところ忙しくて、俺はゴミ捨てや掃除をしていなかった。しかしよく見ると、放置していたゴミ袋はなくなり、散乱していたチラシ類も一か所にまとめられている。

その上、隅にたまっていた埃《ほこり》もない。まるで誰かが、隅々まで掃除をしたかのように。

「あっ！　掃除ならあたしがしといたよ！」

「えっ……君が？」

「住む場所提供してもらうわけだし、これくらいはトーゼンじゃん！　お風呂とかトイレも、バッチリ綺麗にしといたから！」

ウインクしながらピースサインを向ける星蘭。マジか……！　そいつはすごく助かる。

水回りの掃除って、本当に面倒臭いからなぁ。

って、違う。そうじゃない。

「おい、待ってくれ。まだここに置くとは言ってない——」

「あ、そうだ！　菱田《ひしだ》さん、お腹《なか》空いてるっしょ？」

俺の言葉を遮って、台所へ歩いていく星蘭。そして——

「じゃーん！　見て見て！　チャーハン作った！」

「お、おぉ……!?」

「冷蔵庫にある食材適当に使っただけだから、そんな美味《おい》しくないかもだけど。量はたっぷりあるから食べて！」

まぁ、お腹は空いてるけども。真奈美《まなみ》さんの料理の試食だけじゃ足りないし。

「でも、飯の前に俺の話を……」

「いいからいいからっ！　まず食事！」

話を聞かず、チャーハンをレンジでチンする彼女。そしてレンゲと共に俺の前に置く。

「はい、どーぞ！　味わって食べてね♪」

「あ、あぁ……」

勢いに押されて、思わず頷《うなず》く。

まぁ……話は食ってからでも遅くはないか。そう思い、チャーハンを口に運ぶ。

「あっ。うまい」

パラパラしたご飯に、ふわっと広がる卵の香り。油をたっぷり使って炒《いた》められているが口当たりがよく、いくらでも食べることができそうだ。

「マジ？　よかったぁ～！」

目を輝かせ、嬉《うれ》しそうに飛び跳ねる彼女。

「誰かに料理振るまうの初めてだから、キンチョーした～！　チューブのニンニクも入れたから、疲れ取れると思うよー！」

「ああ、なるほど。道理で食べ応えがあると……もぐもぐ……」

「あはは。菱田さんメッチャ食うじゃん。かわいいかよ～」

彼女が、にまにまと頬を緩める。さらに続けて口を開く。

「あ、そうそう！　菱田さん！　お仕事メッチャ疲れたっしょ？」

「え？　まぁ、それなりには……」

「じゃあ、食後にマッサージしてあげる！　あたしこれでもテク凄《すご》いよ？　肩たたきとかプロ級だし？」

肩たたきにプロとかあるのか？

「これでも女子力チョー高いから。掃除も料理もマッサージも、任せてくれれば何でもできるし！　どう？　あたし、結構役に立つでしょ？」

「まぁ、確かに色々できるんだな」

「えっへへ～。そうそう。だから、あたしのことは家政婦だと思えばいいからね！」

なるほど……そういう作戦か。

さっきからやけに働くなぁとは思っていたが、自分の有用性をアピールして、この家に置いてもらう算段なんだな。

　俺は小さくため息をつく。そして、レンゲを置いて彼女を見た。

「えっと、君……星蘭《せいらん》、でよかったかな？」

「そだよ！　これからよろしくね！」

　ピースサインで返す彼女。だが俺は飲まれず、落ち着いて言う。

「悪いけど、君をこの家に置くことはできない」

「えっ……？」

　告げた瞬間、彼女の顔から元気が消える。

「菱田さん……やっぱ、あたしのこと迷惑……？」

「迷惑というか、常識的に無理なんだ。大人が見知らぬ家出少女を匿《かくま》うなんて」

「で、でも！　それはあたしが頼んでることで——」

「君が同意しても、犯罪になるんだ。少なくとも保護者の許可がないとな」

「保護者……」

　親の話が出た途端、星蘭の顔が目に見えて曇る。

　頑《かたく》なに帰りたがらないところを見るに、やっぱり事情があるらしい。だがそれでも、俺には何もしてあげられない。

「分かったか？　悪いが、俺を頼られても困るんだ」

「うぅ……。でも、それってバレたらヤバイって話でしょ？」

「まぁ、そうだが」

「それなら、絶対大丈夫だって！　菱田さんがあたしを匿ってるなんて、外からは絶対バレないじゃん！」

　確かにバレる可能性は低いだろう。でも、ゼロってわけじゃない。

「ねー！　お願い、菱田さん！　あたし、しっかり働くからさー！　しばらくここに泊めて！　お願い！」

　パン！　と手を合わせ、懇願する星蘭。

「悪いけど……どれだけ頼まれても、無理なものは無理だ」

「えー!?　マジでダメ？　あたし、なんでも家事するよ？　今日分かったけど、菱田さん普段家事しないでしょ？　あたしが一緒にいる間は、快適に過ごせるようにするよ？」

「それでもダメだ。これは譲れない」

「そんなぁ……あたし、他に行く所なんてないのに……」

「それなら、家出なんて止《や》めるべきだな。早く実家に帰るといい」

　星蘭自身は親を嫌っているようだが、きっと彼女の家族は心配しているはずなんだ。俺にできることがあるとすれば、星蘭が家に帰るよう誘導することだけだろう。

しかし……。

「それは無理！　あたし家には帰りたくない……。あそこは地獄みたいなもんだから！」

「じ、地獄……？」

予想以上の拒絶の言葉だ。

大げさな言い方……そう思ったが、彼女の眼《め》は真剣そのものだった。

しかも彼女は、また頭を下げる。

「お願いしますっ！　菱田さん、ここに置いてください！」

「だ、だからダメだ！　何度も言ってるだろ！」

「でも、絶対帰りたくないもん！　お願い菱田さん、他に頼れる人もいないの！」

「わがまま言うな！　これ以上縋《すが》られても迷惑だ！」

「っ……！」

『迷惑』という言葉に、星蘭が固まる。

厳しい言い方で申し訳ないが、これは彼女のためでもある。頼むから、家出は止めて帰ってほしい。その方が絶対にこの子のためだ。

「時間も遅いし、警察を頼るなら近くまで一緒に行ってやる。だから、もう実家に帰れ」

「……分かった」

どうやら折れてくれたようだ。その返事に俺は安心する。

ところが、彼女は続けて言った。

「それじゃあ……他の男の人、探すよ。また繁華街でパパ活して……」

「はぁ⁉」

バカげた意見に声を荒らげる。

「お前、また昨日みたいなことをする気か⁉」

「うん……だって、実際それしかないし」

「お前なぁ……。ああいうのは、ホントに危険なんだぞ？　そもそも、見ず知らずの男女が一緒に住むなんてあり得ないんだ。もう少し警戒心を持て！」

「だから、それは覚悟ができてるって——」

「甘い！　世の中には悪い男なんてごまんといるんだ。体だけじゃ満足できずに、もっと酷《ひど》いことをするやつもいる。そんな男に捕まってもいいのか？」

「…………」

俯き、黙り込んでしまう星蘭。頼むからこれで分かってくれ。

「それでも……」

星蘭が、また口を開く。

「それでも、誰かに拾ってもらうしかないもん。それしか生きてく方法ないもん」

「…………！」

覚悟を決めた、真っすぐな瞳。その視線に、俺は気圧《けお》された。

星蘭は、本気で家には帰らないつもりだ。絶対に帰らない意志を感じる。

それを見て、一つ疑問を抱いた。なぜ星蘭は家出をしたのか。

俺はてっきり、彼女が単純に反抗期だからだと思っていた。俺にもそういう時期はあったし。しかし彼女の様子を見るに、そういうわけではなさそうだ。

星蘭が地獄とまで言う家庭環境……それに嫌っている両親。それが事実だと考えると、話は変わってくるかもしれない。

仮に星蘭の親が問題を抱えていたとして、彼女をここから追い出すことが果たして正義といえるのだろうか……。どのみち彼女は家に帰らず、他の男——危険かもしれない男のもとを渡り歩いてしまうだけだ。

それに家庭環境のことを警察に相談するにしても、こういった問題をどうにかするのは難しいと聞く。だとしたら、彼女を助けられるのは本当に俺しかいないんじゃ……。

『それじゃあ、ごめんね。菱田さん」

考えていると、星蘭が言った。

「あたし、もう行くから。バイバイ」

「あ……」

星蘭が俺に背を向けて、玄関の方へ歩いていく。

出ていく時は存外素っ気なく、俺の元を去ろうとする星蘭。

その姿に俺は——

「待ってくれ」

——たまらず、声をかけていた。

「え……？」

「押し入れの奥に来客用の布団《ふとん》があるから、しばらくはそれを使ってくれ。さすがに隣で寝られるのは困る。それと、合鍵も渡すからなくすなよ？」

「菱田《ひしだ》さん……それじゃあ……！」

「少しの間だけだからな。行く場所の目処《めど》が立つまでだ。それと、家事は任せたぞ」

最後に少し考えたのちに、俺はそう口を開いていた。

直後。星蘭の瞳に、じわっと涙が浮かんでくる。

そして彼女は、俺に飛びついた。

「うわ〜〜〜！　ありがと、菱田さん！　マジ感謝だよぉ〜‼」

「ちょっ、おいっ！　君、やめろって！」

「君じゃなくて、星蘭でいいってー！」

ギャル特有の距離感の近さで、グイグイ抱き着いて来る星蘭。あぁもう……やっぱ早まったか？　すでに後悔しかけてるぞ。

「よかったぁ～……マジで安心した……。また野宿しなきゃって思ったぁ～……」

「おいおい……。今までそんな生活だったのか？」

「うん……。家出してから昨日までずっと野宿だった。ホテルなんか泊まったら、二日でお金なくなっちゃうから」

「よく今まで悪い男に捕まらなかったな……。襲われててもおかしくないぞ」

「正直、覚悟はしてたけど……。でも、本当によかったー！　怖い人に捕まらなくて！」

どうやら、人並みの恐怖や不安はあったらしい。

「菱田さん……マジでありがとうございます！　しばらくの間お世話になります！」

深く頭を下げる星蘭。見た目はギャルだし、子供だが……一応お礼は言えるんだな。

「まぁ……これからよろしくな」

俺は彼女に、とりあえずそう返事をした。

第二章　ギャルはいつでもマイペース

ギャルを拾った、その翌日。俺は物音で目を覚ました。

「ん……なんだ……？」

キッチンやリビングの方から聞こえる、パタパタと鳴るスリッパの足音。ガチャガチャと食器を運ぶ音もする。どうやら、星蘭がなにかしているようだ。

「ふあぁ……。寝足りねぇ……」

相変わらず疲労の残った体を起こして、俺は自室からリビングへ出た。

「あっ！　おはよー！　菱田さん！」

俺に気づいた彼女が、元気な笑顔で振り向いた。

「菱田さん、もうお昼前だよー。ってか、めっちゃ疲れた顔してんね？」

「大人になると、寝ても疲れが残るんだよ。そういうお前は元気そうだな」

「うんっ！　菱田さんのおかげで、ちゃんと寝れたから！」

暗に泊めたことへのお礼を言っているのだろう。その笑みの眩《まぶ》しさに、目を逸《そ》らす俺。

「ってか、なんかいい匂いが……」

「今、朝ご飯作ってたの。菱田さんも食べるっしょ？」

「あー……そうだな。腹は減ってる」

「おっけ！　すぐ準備できるから！」

意外なほどテキパキと食事の準備を整える星蘭《せいらん》。鍋を火にかけている間に、他の料理の盛り付けや配膳を済ませる。そして、あっと言う間に準備ができた。

「食べよ食べよー！　いっただきまーす！」

「じゃあ、いただきます……」

食卓に並ぶのは、白米に味噌汁《みそしる》、アジの開きにほうれん草のお浸しなどの和定食だ。

なんだか、逆に新鮮だな。いつもコンビニおにぎりに野菜ジュースみたいな雑な朝食で済ませていたから、こういうメニューは正直嬉《うれ》しい。

それに……。

「うまっ……！　この味噌汁、星蘭が作ったのか？」

「そだよー！　どう？　どう？　やばいっしょ？」

「ああ……ちゃんと出汁《だし》をとってる味だな。すごい……」

しかも味噌汁の具材は豆腐に油揚げ、なめこに長ネギと色々だ。栄養にも気を使っている感じがする。きっと俺が寝ている間に、買い出しに行ってくれたんだろう。久しぶりの健康的な食事に、体が喜んでいるのが分かる。

「えへへ～。あたし、こういうの得意なんだよね～。昔からよく作ってたからさ」

「へぇ……大したもんだな。若いのに」

今の時代、高校生でここまで料理ができる子も珍しいだろう。普通はまだ、家事なんて親に任せっきりの年齢のはずだ。

……ただ、家出しているところを見るに、ちょっと深く考えてしまうけど。親が家事をしなくて、自分でやるしかなかった、とか……？

「……あのさ、星蘭」

「ん？　どしたの菱田さん」

美味《おい》しそうにアジを食べていた彼女が俺を見る。

「星蘭は、どこからここまで来たんだ？」

俺はまだ彼女のことをほぼ知らない。しばらく一緒に住む以上、ある程度は相手のことを聞いた方がいいだろう。家出した理由まで聞くのは躊躇《ためら》われるが。

「んー、家はけっこー近いよ。二つ隣の町だから」

「そうなのか？　もっと遠くから来たと思ってた」

「だって、あたしまだ高校生だし？　お金もないから、そんなに遠出できないって」

まぁ、それもそうか。高校生時代に自由に使える金なんて、かなり限られてるもんな。

「だから、どっかで知り合いに見つかんないか、割とビクビクしてたんだよね。それこそ、親とかに見つかったら困るし」

「そうか……」

本当に家には帰りたくないんだな。

「絶対見つからないように、スマホも家に置いてきたしね。万が一、ＧＰＳとかで探されても嫌じゃん？」

「なるほどな。じゃあ、外出も避けたほうがよさそうだ」

もともとご近所さんの目もあるし、星蘭には外出を控えるように言ってあるけど。

「うん。お買い物だけは、隠れてこっそり行くけどね」

「まぁ、それは頼めるとありがたい。食費とかの生活費は、後でまとめて渡すから。それから調べ物がある時は、部屋のノーパソ使っていいから」

「お世話になります、菱田様～！」

ははーっ！　と頭を下げる星蘭。軽いところはあるが、ちゃんとお礼を言ってくれるあたりかなりいい子だよなぁ。案外、ちゃんと教育はされていそうだ。

「調べ物と言えば……星蘭、学校はどうしてるんだ？」

「んー？　そりゃあ休むしかないっしょ。家出してるのに通えないって」

「まぁそうだけど……。あんまり行かないと退学になるぞ？」

「う〜ん、それもしょうがないかなー」

軽い調子で言いながら、星蘭は味噌汁を流し込む。

さすがに最終学歴が中卒になると、後々厳しいと思うけど。せめて勉強はちゃんとしたほうが……。

「ってか、あたしも色々聞きたいー！」

「え？」

「あたしにも菱田さんのこと教えてよ」

「いいけど……何が聞きたいんだ？」

う〜ん、と少し考え込む星蘭。

「あ！　じゃあ、菱田さんって何してる人なの？」

「おい、そこからか？」

「だって、まだ教えてもらってないじゃん！」

そういえば、俺も自分のことをほとんど彼女には話してなかった。

「普通にどこにでもいる社会人だよ。レストランで正社員やってるんだ」

「レストラン⁉　じゃあ料理のプロじゃん！」

「いや、俺はホールスタッフだから。それに、ただのファミレスだしな」

真奈美《まなみ》さんは本当に料理上手だが、俺はその点からっきしだ。食事も星蘭が来るまでは、コンビニか外食で済ませていたし。

「それでもすごいって。あたし的には、働いてるだけでメッチャ大人って感じだし！」

「そうか……？　じゃあ、星蘭はバイト経験とかないんだな」

「あ～。ウチ、バイト禁止だったからさ。せっかく家出したし働こうかとも思ったんだけど、保護者の同意がいるとか言われて……」

あぁ、なるほど。そりゃあバイトなんてできないな。

「あっ、そうだ！　せっかくだし、菱田さんのお店でバイトさせてよ！　そうすればお金稼げるし！」

「いや、ダメだよ。保護者の同意ないんだろ？」

「いいじゃんいいじゃん！　菱田さんの社員権限で！」

「俺にそんな権限ないから」

そんな風にお互いのことを話しながら、朝食を綺麗《きれい》に食べ終える俺たち。その後は、お茶を飲みながら食休みをする。

「ところで、菱田《ひしだ》さんは今日どうするの？　何か予定ある？」

「ん？　いや、とくにはないが……」

「マジ？　じゃあさ、どっか遊びいこーよ！　せっかく休日なんだしさ！」

星蘭が身を乗り出して言いだす。

「お前なぁ……さっき、外出は控えるって言ったばかりだろ」

「え～？　でもちょっとくらいいーじゃん！　ずっと家いるのも退屈っしょー？」

星蘭が駄々をこね始める。

「あ、そうだ。後でライブハウスとか行く？　この近くにいいとこあってさー」

「いや、ライブハウスって……。行かねえよ。行ったことねえよ」

「マジ⁉　じゃあ試しに行くしかないって！　世界変わるよ？　楽しーよ？」

星蘭が俺の腕をグイグイ引っ張る。

星蘭のこういう押しが強いところは困るな。この子といると、何かと振り回されそうになる。

「だから行かないって。不必要な外出は禁止」

「えー⁉　菱田さん、ノリ悪ーい！　じゃあ、今日一日何して過ごすのー？」

「適当に部屋で寝て過ごすけど」

「うわっ！　つまんない……。老人かよ〜」

仕方ないだろ。仕事で疲れてるんだから。

「ってか……あの部屋でくつろぐとか、無理じゃね？」

「え？」

言われて、自分の部屋を見る。そして気づいた。かなり散らかっていることに。

読んだ後の雑誌や新聞が雑に放置されており、洗濯する前のシャツやズボンもあちこちに脱ぎ捨てられている。他にもお菓子の袋やレジ袋などが床に散らばってしまっていた。

星蘭が来た初日にリビングは掃除してくれたのだが、俺の部屋はこのザマだ。

「菱田さんが不在の時に入るのは悪いから放置してたけど……さすがに散らかり過ぎだよね」

「すまん。片付けられない性格なんだ」

ダメな大人で申し訳ないが、これぱっかりは仕方がないんだ。俺本人が諦めてるから。

「ああもう……しょうがないなー、菱田さんは」

「え？」

星蘭がおもむろに立ち上がる。そして俺の部屋に歩いていった。

「じゃあ今日は、お部屋の掃除したげるよ。星蘭ちゃん、チョー優しいかよ～」

「あ、いや……。片付けはいいよ。俺、あの部屋でも寝られるし」

「遠慮なんかしなくていーから。あんな部屋いたらビョーキなるしね」

いや、遠慮というか……今日は部屋でのんびり過ごしていたかったんだが……。

しかし、すでに星蘭のスイッチはお掃除モードに入ってしまった。こうなるともう、流されるしかなさそうだ。

「あ、そうだ！　せっかくだし布団《ふとん》も干そうかな。今日の夜、ぐっすり眠れるよ」

「おい、星蘭。だとしたら、俺は日中どこにいれば……」

「適当にリビングとかでくつろいでてよ。部屋は片付くまで立ち入り禁止！」

「マジかよ……」

こうして星蘭の思い付きにより、休日の予定が決定された。

※

「さてと。それじゃあ、始めよっか！」

黒のキャミソールにホットパンツという、ラフな服装に着替えた星蘭。

掃除のために動きやすい服にしたようだ。肩や首回りがあらわになっており、丈の短いパンツと合わせて、活動的なのと同時にセクシーな印象も兼ね備えている。

ロングの金髪はゴムを使ってお団子状にまとめており、白い首筋が目に映える。動きやすい格好でありながら、彼女の女性的な魅力を十二分に表していた。

「じゃあ、菱田さんは座って休んでて！　すぐに片付けちゃうからさ」

「いや……さすがに俺も掃除するぞ？」

もともと自分のことだしな。それにこの汚部屋を一人で掃除させるのは悪い。

「いーからいーから！　家事やるのが、あたしがここに住む条件っしょ？」

「いや、でも……」

「大丈夫だって！　その辺に座って、あたしの雄姿を見てるがいいさ」

ウインクしながら言う星蘭《せいらん》。

まぁ……そこまで言うなら任せるか。俺はリビングに腰を下ろす。

そして、彼女が働く様子を眺めた。

「まず、掃除機の前に物を片付けないとね～。とりあえず、雑誌とか衣類とか、種類ごとに分けよ」

準備体操のごとく大きく伸びをする星蘭。そして行動を開始する。

「おらおらおらー！　更地にしてやるぜー！」

荒々しくも無駄のない動きで、星蘭が掃除に取りかかる。まずはお菓子の袋やレジ袋といった、明らかな不要物をゴミ袋へ入れる。

そしてあっと言う間にその作業を終えて、今度は衣類や新聞など、散らばった物を種類ごとに分ける。

「星蘭、思った以上に手際《てぎわ》がいいな」

「だしょー？　あたし、こういうの得意なんだよねー♪」

涼しい顔で鼻歌なんかうたいながら、彼女はてきぱきと作業を続ける。

すごいな、これが若さなのか？　俺がこの部屋を片付けようと思ったら、かなり気合を入れても丸一日はかかるのに。星蘭はあっと言う間に、散乱した物を仕分けていく。

「あ、菱田さん。この辺の雑誌って捨てていいやつ？　いらないなら処分するけど」

「あー、雑誌か。ちょっと待ってくれ。必要なやつだけよけとくわ」

さすがにそのあたりは俺が判断しないといけない。部屋の床に座り、彼女が仕分けている雑誌の山を確認する。

「それにしても、マジで物多いね。菱田さん物捨てられない人？」

「そういうわけじゃないんだが……どうしても片付けは面倒でな」

毎日仕事で忙殺されていると、部屋の片付けに割くような時間は残らない。今日みたいな休みも、仕事で気力や体力を使い果たすせいで、結局何もせず終わるんだ。

「へぇ～。やっぱ、社会人って忙しいんだ？」

「それなりにな。お前もいずれわかるんじゃないか？」

「え～？　やだなぁ～。あたし、将来の夢お嫁さんだし」

「それ……会社とか行きたくないからだろ？」

「え、ウソ？　なんでわかったん？」

「俺も同じこと考えてたから……」

「あはは！　菱田さんが嫁とか、ウケる」

「嫁になりたいとは思ってねえよ」

無駄話をしながら、作業をする俺たち。二十冊ほどの雑誌の中からお気に入りの数冊だけ残し、後は処分をすることにする。

そして俺が選んでいた間にも、星蘭はバリバリ掃除を進めていた。広がってしわくちゃになった新聞を畳み、俺が脱ぎ捨てていた衣類も洗濯籠に投入する。

「よーし、大部片付いてきたね。早く終わらせてお布団干さなきゃ！」

早くしないと、日中に布団が干せなくなってしまう。だから彼女も急いで掃除をしていたのだろう。部屋の中を飛び回り、最後にチラシを片付ける星蘭。

しかし、その焦《あせ》りがよくなかった。彼女が床に散らばったチラシを誤って踏んでしまったのだ。パチンコ店のチラシが滑り、星蘭が「あっ、やばっ」とバランスを崩す。

俺の体は咄嗟《とっさ》に動いた。ちょうど彼女のすぐ側《そば》に座って雑誌の選別をしていた俺は、彼女が倒れ込む方へ飛び込む。そして、両手で彼女を受け止めた。

「ふぅ……間に合った」

「菱田さん、ゴメン！　大丈夫⁉」

「それはこっちのセリフだ。大丈夫か？」

「う、うん……あたしは平気だけど……」

よかった。汚部屋の掃除をさせた上に怪我《けが》まで負わせることになったら、さすがに申し訳なさすぎる。

「菱田さんは、怪我してない？　あたし思いっきり倒れちゃったけど」

「大丈夫だ。子供一人くらい支えられる」

「あっ。さりげなく子供扱いされた」

「だって、実際に子供だろう」

それに星蘭は思った以上に軽かった。見た目も比較的華奢《きゃしゃ》ではあるが、ちゃんと栄養を摂《と》っているのか心配になってしまうほどだ。

「えっと……ところで、菱田さん」

「ん？」

「ずっとこうしているのは、照れるかな……」

言われて、ようやく思い至る。俺は今、彼女を受け止めたまま抱きかかえる格好になっている。俺が両手を離さなきゃ、彼女は立ち上がることもできない。

「あっ！　わ、悪い……！」

手を離すと、立ち上がる星蘭。そして照れ笑いを浮かべて言う。

「あはは……。ま、チラシとかはちゃんと片付けないとね」

「そ、そうだな……。もう散らかさないように気を付ける」

抱きしめていたことを意識した途端、腕の中に残る星蘭の甘い香りを感じた。子供扱いしたばかりなのに、妙にドキドキしてしまう。

「って、あれ……？　これなんだろ？」

ふと、星蘭が何かに目をとめる。それは彼女が踏んだチラシの下に隠れてた雑誌。

見ると、その表紙にはビキニ姿の女性たちがセクシーなポーズで写っていた。

「やべっ……！」

あれは少し前にコンビニで買った写真集。気まぐれに手に取ったはいいものの、雑に放置していた代物だ。

そして最悪なことに、星蘭がそれを拾い上げた。

「えっ……⁉」

エロ本であると気づく彼女。

まずい。絶対ドン引きされる。冷めた目で「おっさん、キモッ」とか言われてしまう。

いや、もしかしたら死ぬほどからかわれるかもしれない。『菱田《ひしだ》さん、こういうのが好きなんだ〜？　ヘンターイ♪』とか『雑誌のモデルさんと同じポーズしてあげよっか〜？』とか馬鹿にしてくる可能性もある。どっちにしても最悪だ。

ところが、彼女の反応は違った。

「…………！」

雑誌の表紙、紐《ひも》ビキニを着て胸を強調するポーズをとる巨乳モデルを見て、ほんのり頬を赤く染める星蘭。そして、俺を真っすぐ見て尋ねた。

「えっと……菱田さんもさ。やっぱ、したいの？」

「え……？」

「こういうこと、興味あるのかなって」

純粋な疑問を口にする感じで小首をかしげている星蘭。

直球な問いに、こっちの顔が熱くなる。

「ば、馬鹿！　なんてこと聞いてんだよ⁉」

「だってあたし、タダで置いてもらってるわけだし。払えるものって体しかないし……」

「なっ……⁉」

「だから……菱田さんがしたいなら考える、けど……」

やや顔をそらし、頬を紅潮させて言う星蘭。

そんな彼女に、俺は……。

「ふんっ！」

「あいたぁっ！」

頭へのチョップを喰《く》らわせた。

「この馬鹿。前も言ったが、もっと自分を大事にしろ」

この子はまだ高校生だ。そんな子が体を売るなんて間違っている。

「タダじゃ気が引けるって言うなら、家事だけやってくれればいい。だから、変なこと気にするな。もしまた言ったら、追い出すからな？」

「う～……分かったけど、叩《たた》くことないじゃん……」

チョップされた頭をさする星蘭。

「でもさ……もし気持ちが変わったら、言ってね？　いちおー、ゴムは持ってるし」

「ぶっ⁉」

「それに……家に帰るよりはマシだしさ。だから、遠慮とかしなくてい－から」

「……アホ。ＪＫ襲うほど困ってねーよ」

そう言いつつ、俺は深いため息をつく。

家にいるより、パパ活の方がマシ。少なくとも星蘭は、そう思っているということだ。

詳しい事情は分からないが……それだけの理由を、彼女は抱えているということ。

「……言っとくが、俺は別にそういう欲求は強くない」

「え？」

「だから……安心していいから」

パチ、と彼女の瞳が瞬《またた》く。そして少し後、彼女はニヘッと柔らかく笑った。

「……うん、分かった。菱田さん、やっぱ優しいね？」

「別に、全然優しくねーよ」

「ううん。拾ってくれたのが、菱田さんで良かった」

その可愛《かわい》らしい言葉と笑顔に、不覚にも胸の鼓動が速まる。

俺はそれを誤魔化すかのように、エロ本をゴミ袋にぶち込んだ。

※

その後は特に問題なく、部屋の片付けは終了した。

掃除を終えた星蘭《せいらん》は、そのまま予定通りに布団《ふとん》を干す。さらに洗濯や窓拭きなど、あらゆる家事も率先してこなしてくれた。

そんな彼女を見ていると、俺も珍しく家事をしたくなってくる。

星蘭が捌《さば》ききれない仕事をカバーし、皿洗いや押し入れの整理などをこなす。そしてさっきまとめた雑誌などのゴミを、回収センターへ持っていった。

そんな風にたまった家事をしていると、時間はすぐに過ぎていく。回収センターから帰る頃には、すでに日も傾きかけていた。

「そろそろ布団を取り込まないとな」

呟《つぶや》き、玄関の扉を開ける。きっと今頃星蘭も、作業を終えていち段落してる頃だろう。

そう思いリビングへ向かう俺。しかし、彼女の姿はなかった。

「あれ？」

おかしいと思い、辺りを見渡す。すると、俺の部屋のドアが閉まっていた。もしかしたら中にいるのかも。

「おーい、星蘭。帰ったぞ――」

呼びかけながらドアを開く。

「――え？」

そして、俺は絶句した。

俺の部屋の様子が、明らかにこれまでと変わっていた。

まず視界に飛び込んだのは、机に並ぶ小さなぬいぐるみの数々。可愛らしい猫のぬいぐるみや、リボンを付けたテディベアが、ずらっと並んでこっちを見ている。

それだけではなく、机には大量の小瓶も置かれていた。香水と、それからネイルだろうか。女の子らしいアイテムで机が埋め尽くされている。机の横にはハート形の可愛らしいクッション。ティッシュ箱にはミ○オンのティッシュカバーがかけられていた。

それに何だか甘い香り。よく見ると棚の隅っこに、某激安ショップで売っているルームミストが置かれていた。おそらくアレの匂いだろう。おまけに使用許可を出したノーパソからは、なにやら可愛らしいポップな曲が流れている。

さっき片付けた時は、物が少なくシンプルになった俺の部屋。しかし今はそれが何というか……ギャルの部屋っぽくなっていた。

「あっ、菱田さん！　おかえりー！」

中にいた星蘭が笑顔で声をかけてきやがる。

「おい、星蘭。この部屋はなんだ？」

「あー、これ？　えへへー」

なぜか表情を緩める星蘭。

「菱田さんの部屋、片付けてみたら机と本棚と押し入れしかなくて、メッチャ殺風景だったからさー。さっきド○キと百均で買ったアイテムで、できる限りアレンジしちゃった♪」

「アレンジしちゃった♪　じゃねーよ、こら！　勝手に人の部屋を改造するな！」

「でもこっちの方が可愛くない？　スマホあったらイン○タあげるのに」

「俺は可愛さを求めてないんだ！」

ああもう、勝手なことをしてくれたなぁ……。さすがにこれでは居心地が悪いぞ。

「ってかお前、金ないんじゃなかったか？　それに不必要な外出は禁止したよな？」

「いや、模様替えは必要でしょ！　お金は食事代として持ってた分が残ってたから！　これでもうほとんど小銭だけだけど」

「こんなことに貴重な金を使うなよ」

これが十代女子の価値観なのか……？　俺には理解し難いな。

「とにかく、これもお前の部屋じゃねえか……できれば片付けてくれないか？」

「まぁまぁ。慣れれば快適だって。ほら、この子とかかわいーし」

机にあった猫のぬいぐるみを手にする星蘭。

「『おにーさん。これからよろしくにゃん！（星蘭裏声）』ほら、この子もこう言ってるよ？　片付けるとか可哀想《かわいそう》じゃね？」

「じゃあせめて、場所を変えてくれ……。なんかこれじゃ落ち着かないから」

「え〜？　しょうがないなぁ。じゃあ後で全部リビングに移すかぁ〜」

なんで俺が我儘《わがまま》言った感じなんだよ。

「でも、あたしの趣味も悪くないっしょ？　例えばほら。この曲は菱田さんも好きそう」

急にノーパソの画面を見せてくる星蘭。動画サイトのサムネが表示されている。

「これ、今ネットで流行《はや》ってる曲でさ。『可愛くてすまん』ってやつなんだけどー」

「なんだその自己肯定感にあふれた曲名は」

「メッチャ可愛いから聞いてみなって！　菱田さんも絶対ハマるから！」

そう言い、星蘭がイヤホンを片耳に装着。そして、残った方を俺に差し出した。

「はい、どーぞ！　こっちでいっしょ聴こ？」

「え……？」

これは……俺もイヤホンを付けろということか？

「あ、いや……。わざわざイヤホンなんかしなくても……」

「でもイヤホンの方が聞きやすいじゃん」

「だからって、二人で一つのイヤホンってのは……」

恋人っぽくて躊躇《ためら》われるぞ。なんか、すごいバカップルみたいじゃないか？

「いや、これくらい友達とかでもフツーにするって。そりゃ嫌いな人とは嫌だけど、菱田さんは恩人だしさ。それにせっかく一緒に住むんだから、あたし的には仲良くしたいし」

星蘭が自分の隣をポンポンと叩く。

「ほら、こっちおいでよ。別にセクハラとか言わないからさ」

「わ、分かった……」

どうやら純粋な好意のようだ。断るのもちょっと気が引ける。

俺は悩んだ末に意を決して、彼女の隣に腰を下ろす。そして、イヤホンの片方を受け取って付けた。

「えへへ。それじゃー、流すよー」

そして、二人で音楽鑑賞を開始する。さっき流れていたポップな曲が、可愛らしいＰＶと共に流れる。

「ね、ね？　この歌詞メッチャヤよくない？　マジ共感しかないんだけど！」

「あぁ……そうだな……」

「でしょー！　やっぱあたしら気が合うわー！」

曲の合間に、星蘭が話しかけてくる。確かに彼女の言う通りいい曲だ。正直歌詞についてはよく分からないが、単純にボーカルの声が良く、ＰＶも可愛い。

でもそれより、俺は隣の星蘭が気になる。

というのもイヤホンが短めなせいか、思った以上に彼女との距離が近いのだ。肩なんて今にも触れ合いそうだし、顔もキスができそうな距離感だ。こんなに女子に近づいたのは、生まれて初めてかもしれない。女の子特有の甘い香りまで感じられるほどである。

だが、そんな距離感でも彼女は、あまり意識をしていないようだ。

「でね！　この曲ダンスも可愛いから！　ほら、ＴｉｋＴ○ｋのトレンドになってる！」

パソコンを操作するために、さらに俺の方へ身を寄せる星蘭。その際彼女と俺の腕が触れ合うが……。

「ね、ね⁉　この動き、めっちゃヤバくない⁉」

嫌な顔もせず、むしろ楽しそうに笑っていた。なんというか、基本的に距離感が近い。

そんな彼女の気安さに、なんだか胸がむずがゆくなる。

と、その時。

可愛らしい曲に混じって、給湯器の甲高いメロディーが流れてきた。

「あ、お風呂沸いた。菱田《ひしだ》さん、先に入って〜」

「え？　沸かしておいてくれたのか？」

「うん！　菱田さんが出てる間にね！」

笑顔でピースサインを向ける星蘭。正直、かなり可愛かった。

「悪いな……。でも、先に星蘭が入っていいぞ？」

「いいって。あたし居候《いそうろう》だし。いつもは譲ってもらってるしね」

「そうか……？　それじゃあ、お言葉に甘えて……」

ようやく、この気恥ずかしい状態から抜け出せる。そう思い、俺は着替えの準備をする。

そしてすぐに浴室へ向かった。

ほんの少しだけ、名残惜しい気持ちに苛《さいな》まれながら。

※

「ふぅ……めっちゃ快適だな」

風呂から出て服を着た後。俺は髪を乾かしながら呟いた。

久しぶりにゆっくり湯船に浸《つ》かった気がする。いつもは浴槽の掃除とか色々面倒で、シャワーだけで済ますことが多いしな。でも、じっくり湯船に浸かるのは、これ以上ないほどの幸せだ。なんだか体の疲れも取れてきた気がする。

「あとでお礼を言わないとな」

星蘭のおかげで風呂を堪能《たんのう》できた。朝食の支度や部屋の掃除もやってもらったし、これじゃ俺の方が彼女に助けられているみたいだからな。

ひとまず脱衣所を出て、部屋に戻る俺。すると――

「すぅ……すぅ……」

「お……？」

星蘭が、干した布団で横になって寝ていた。俺の入浴中に取り込んで、そのままうっかり寝てしまったようだ。

すやすやと幸せそうに微《かす》かな寝息を立てる彼女。しかも彼女は、枕をギュッと抱きしめて寝ている。その様子が、なんだか女の子らしくて非常に可愛《かわい》らしかった。

「ってかこれ、俺の枕じゃん」

たまたま手元にあったのか、俺の枕を抱き枕として使っている。なんか、少し気恥ずかしいな……。変なにおいとかしなきゃいいけど。

「すぅ……すぅ……」

本当に、安らかに眠る星蘭《せいらん》。こうしていると、その顔立ちが整っていることが分かる。思わず見とれてしまいそうなほどに。

「まぁ……しばらく寝かしておいてやるか」

とりあえず、俺は暗くなる前に買い物に行こう。

朝食の準備や掃除までさせてしまったんだ。大人として夕食くらい作りたい。

そう思い立ち、俺は早速行動する。財布を持って近くのスーパーへ行き、適当に食材を見繕う。そして、まっすぐ家に帰った。

「よいしょっと。ふぅ……結構買ったな……」

食材の入った袋を台所へ下ろす。久しぶりに自分で買い物へ行ったが、やっぱり結構大変だな。特に自炊をするとなると、食材選びから調理まで何かと面倒だ。

「ん……むぅ～……」

ふと、奥の部屋から声が聞こえた。

「おっ。星蘭、起きたか？」

様子を見ると、彼女はいまだ俺の枕を抱きしめながら、眠そうにあくびを漏らしていた。

「ふわぁ……ねむ、ねむむ……」

「眠いなら、まだ休んでていいぞ。今からご飯作るから待ってな」

「んぅ～……もう食べられないよぉ……」

「すげー寝ぼけてるな……まだ何も食べてないだろう」

「まぐろ……サーモン……かにかまぁ……」

うわごとのように口を開く星蘭。なんだかちょっとアホっぽくて可愛い。

「ってか、枕はそろそろ離してくれよ。自分のがちゃんとあるだろう」

俺みたいな大人の男が使った枕、申し訳なくて使わせられない。なにせ、この子は花のJKだからな。

「ん～……やだぁ。これがいい……」

「なんでだよ。普通に汚いだろ」

「そんなことないよ～……いい匂いするよ？」

星蘭が俺の枕に顔を埋《うず》める。そして、すぅ～っと深呼吸。

「あはは。菱田さんのいい匂い……」

枕をより強く抱きしめて、『にへっ』と頬を緩める星蘭。そう言ってくれるのは嬉《うれ》しいが、なんかすごく恥ずかしいんですが……。

「分かった分かった……。じゃあ、そのまま待っててくれ。今日は俺がメシ作るから」

「えへへ。はぁ～い……」

星蘭はまだ夢見心地で返事をした。

俺はそのまま台所に戻り、食材をひとまず冷蔵庫へ入れる。そして何を作ろうか、元々余っていた食材も踏まえて考え始めた。

といっても、俺はほとんど料理をしない。レシピ本とかも家にはないし、今揃《そろ》っている食材で何が作れるのか分からない。今日のスーパーでも、肉とか野菜を適当に買っただけだからな。

「とりあえず、全部炒《いた》めてみるか」

肉と野菜を炒めれば、それなりの料理になるはずだ。俺は早速取りかかる。

そして十分後、後悔した。

「どうしてこうなった……？」

フライパンの中には、黒焦げの野菜炒めがあった。

キャベツなどの野菜や豚肉をまとめて投入し火をつけたはいいが、豚肉に思ったように火が通らなかったり、その前に野菜が焦げてきたりして、散々な目にあったのだ。そして色々あがいた結果、全てが焦げてしまったのである。

「どうしよう。作り直すか……？」

まだ食材はあるが、正直あまり気乗りしない。また失敗するのがオチだろう。

仕方ない……今日は普段俺が食べていた通り、冷食とかで済ますしかないか。

「菱田さ～ん。あたしも料理手伝う～」

決めた途端。ようやく目が覚めたのか、星蘭がトテテと台所へ来た。

「星蘭？　できるまで寝てても良かったのに」

「だって、やっぱ家事はあたしの仕事じゃん？　菱田さんが料理したいなら別だけど」

「いや、そうでもない。むしろ助かる」

作ろうとして、自分の料理スキルのなさに気づいたからな。

「ちなみに、菱田さんはいま何を――げっ⁉」

尋ねかけた星蘭が、フライパンの中身に気が付く。俺の焦がした野菜炒めだ。

「すまん。なんか、色々うまくいかなかった」

「あちゃ～……。菱田さん、派手にやったね～」

あはは……と乾いた笑みを浮かべる星蘭。大人として少し情けないな……。

「菱田さんって、料理苦手系？　あたしが来る前はどうしてたの？」

「あ～。基本、即席料理だったな。今日もそうしようかと思っているが」

「即席料理？」

「あぁ。俺がよくやるのは、冷凍食品とかだけど」

「は？」

星蘭が啞然《あぜん》とした顔になる。

「れ、冷食？　それで済ますの？」

「あ、うん。俺、基本冷食しか料理できないから」

「冷食温めるのは料理じゃないし！」

くわっと目を開きギャルが吠《ほ》える。え？　俺いま怒られた？

「で、でも……俺が一人で暮らしてた時は、料理と言えば冷食だったぞ？　唐揚げとかコロッケとかチンして、パンにはさんで食べたりして……」

「うわ……マジ？　適当すぎるっしょ……」

ドン引きした様子の星蘭。そんなに言われるほどのことか？　手抜きだとは思うけど。

「あ。あと一応、カップラーメンとかもできるぞ」

「…………」

フォローにはならなかったようで、余計に呆《あき》れた様子の星蘭。

「それでよく病気とかにならないね。菱田さん、体調大丈夫？　健康診断とかしてる？」

「今のところ問題ないけど……え、なに？　そんなにヤバイのか？」

「ヨユーでヤバイよ！　ってか菱田さん、レストランで働いてるんでしょ？　ちょっとは料理できるんじゃないの？」

「いや、俺キッチンに入ることはないから。料理は一切できなくて……」

「はぁ……。ある意味、あたしが来てよかったのかも……」

星蘭がため息交じりで言う。

「とりあえず、ちゃんとしたもの食べようよ。えーっと、何ができそうかな～」

冷蔵庫を漁《あさ》り、献立を考え始める彼女。冷食は許されないようだ。

「あっ。お肉まだ余ってる。それに食材も色々買ってきてくれてるし……簡単なものならできそうじゃん」

俺とは違い、冷蔵庫を見て素早く献立を組み立てる星蘭。

しばらくして彼女は、いくつかの食材を取り出した。

「菱田《ひしだ》さん、ちょっち待ってて～。今すぐご飯作っちゃうから！」

「あ、あぁ……。ありがとう」

結局役に立たず、ちょっと罪悪感を抱く。

だがその一方。女の子が俺のためにキッチンに立って料理してくれる状況に、なんだか胸のときめきを感じた。

これまでも星蘭に料理を作ってもらってはいるが、彼女が台所に立っている姿をちゃんと見るのは初めてだ。その姿は家庭的で……お嫁さんをもらったような気分になる。

もちろん、女子高生である星蘭とそうなりたいなんて思っていない。それでも、思わず見とれるくらいには、理想的なシチュエーションだった。

「菱田さん、どしたん？　できるまで休んでていいよ」

そんな俺に、彼女は訝《いぶか》し気に声をかける。

「あ、いや……。なんか、意外と様になってるなって」

「マジ？　えへへ～。あたしも思った」

にへら、と頬を緩める星蘭。

「でもあたし、マジ見た目より家事できっからね？　キャベツの千切りとか超うまいし」

「ホントかよ。あれって結構難しいんだろ？」

「マジだって！　ほら。こう、しゅたたたたって！」

星蘭がキャベツの代わりに玉ねぎを細かく刻み始めた。『アヴァロン』のキッチンバイトも真っ青な手際《てぎわ》だ。

「おお、マジだ。スゲーな」

「えっへへー。どやぁ？」

得意がり、ますます速度を速めていく。

しかし、よく目が痛くならないものだ。俺なんて近くにいるだけで目がヒリつくのに。

そう思い、ごしごしと目をこすったその時。

「いたっ！」

星蘭が短い叫びをあげた。

「なんだ、どうした⁉」

「ゆ、指が……」

見ると、星蘭の人差し指に血が滲《にじ》んでいた。包丁で切ってしまったのだろう。

「おいおい……星蘭、大丈夫か？」

「あ……うわ……」

切った人差し指を見つめて、小さなうめき声をあげる。先ほどまでの笑顔は消えて、むしろ絶望したかのような表情だ。そんなに痛いのか？　と不安が湧く。

だが、星蘭は次に俺を見て言った。

「ご、ごめんなさい……菱田さん……」

「え？」

「失敗しちゃった……ごめんなさい……」

なぜか、彼女は繰り返し謝罪する。その表情は怯《おび》えているようで、顔が次第に俯《うつむ》いていく。その様子には、ひどく痛々しいものがあった。

普通ではないその様子に、俺も一瞬のまれてしまう。だが、すぐに思い直した。

「おいバカ、謝ってる場合じゃないだろ」

「え……？」

「まずは自分のことを心配しろ。とにかく、傷の治療するぞ」

俺は一度キッチンから出て、絆創膏《ばんそうこう》と傷薬を持ち出す。

「ひ、菱田さん……？　怒んないの……？」

「なんで怒るんだよ。理由ないだろ」

心配こそすれ、怒るタイミングじゃないだろう。

「だって……あたし、失敗したんだよ……？　ただ玉ねぎ切るだけなのに……」

「いや、そんなんじゃ誰も怒らねーよ。注意くらいはするだろうけどさ」

親とかなら、子供が包丁で怪我《けが》したら大声で注意するかもしれない。でもそれは、ひとえに心配だからだろう。

まぁ、俺も心配なんだけど。

「大丈夫か？　痛くないか？」

「……っ！」

俺の言葉に、なぜか彼女は驚いたように目を見開く。

「おい。ちょっと見せてみろ」

彼女の手を取る。指にはうっすらと血が滲んでいるが、傷は浅そうだ。

「よかった。これならすぐ治るな」

持ってきた絆創膏のパッケージを開ける。

「ほれ。傷口洗ったら、薬塗ってこれ貼っとけ」

「あ、うん……」

指示すると、恐る恐るといった感じでゆっくり動き始める星蘭《せいらん》。傷口を洗い、軟膏《なんこう》を塗る。そして絆創膏を貼りながら、小さな声で聞いてきた。

「菱田さんは、あたしが失敗しても怒らないの……？」

　また、さっきと同じこと。

　二回目の問いは、なんだかひどく意味深に聞こえた。まるで今まで、怒られるのが普通だったかのようだ。

「……怒るタイミングじゃなかっただろ。必要もないのに怒らねーって」

　だから俺は、できる限り優しい口調でそう返す。

「むしろ俺が謝るべきだろ。料理なんかさせて、悪かったよ」

「ううん……！　菱田さんは悪くないって！」

　俺の謝罪に、頭を振る彼女。次いで、なにやら考え込む。

「でも、そっか……菱田さんは、怒らないんだ……」

　かみしめるような、星蘭の呟《つぶや》き。

　俺はなんだかいたたまれなくなり、とりあえず何か言おうと口を開く。

「多分二、三日もすれば良くなるぞ。よかったな、軽傷で済んで」

「ほんと？　えへへ……ありがとう！」

　あの怯えたような表情は消えて、さっきまでの笑顔が戻った。

　絆創膏を貼り終えて、彼女は傷口をさすりながら言う。

「菱田さんって優しいんだね？　そういう人、あたし初めてかも」

「優しくねーよ。別に普通だ」

「え～？　普通じゃないよ～？　優しいって～」

甘えるようにすり寄る星蘭。

なんでもいいが、男への警戒心は持ってほしいものだ。

「とりあえず、残りは俺が料理するから。手順だけ教えてもらえるか？」

「ううん、大丈夫。もう切るのはほとんど終わってるから」

「でも、怪我してるやつを働かせるわけには……」

「いいからいいから！　あとは味付けして煮込むだけだし！」

本人はやる気十分で、俺が手を出す隙がないほどテキパキと具材を鍋に入れている。

「ほら、菱田さんはあっちで待ってて！　三十分くらいでできるから！」

「お、おい押すなよ。味付けくらい、それこそ俺が」

「いーの！　ってか、あたしが料理振る舞いたいんだって！」

強めに言われる。少々気が引けるが、ここは任せるしかなさそうだな……。

仕方なく、俺はリビングで待つことにする。何かあったらすぐ手助けができるよう、星蘭に目を配りながら。

※

「お待ちどーさまっ！　できたよ～！」

三十分ほど経《た》った頃。星蘭が料理を運んできた。

ちなみにメニューは、肉じゃがに味噌汁《みそしる》。そして、トマトやレタスのサラダである。俺が適当に買った食材や冷蔵庫の余りを色々使って、ちゃんとした食事を作ってくれた。

「おお、うまそう……！」

「ごめんね？　ちょいテキトーになっちゃった」

「いや、全然。こっちこそ、また作ってもらっちゃって悪いな」

結局夜も頼ってしまった。でも、冷食を食わせるよりはこっちの方がいいかもな。

「じゃあ遠慮なく、いただきます」

「うん、食べよ～。いただきまーす」

まずは味噌汁を一口すする。瞬間、出汁《だし》の香りがふわっと鼻腔に広がった。

インスタントや即席の出汁の味とは違う、もっと繊細で落ち着いた風味。濃すぎず薄すぎず、ちょうどよい量で調整された赤味噌の味もしっかり立ってる。

「あぁ……。やっぱりうまい。落ち着く味だ」

「マ？　やった！」

可愛《かわい》くガッツポーズをする星蘭。

続いて肉じゃがに箸をのばす。柔らかく煮込まれたじゃがいもと玉ねぎ、そして豚肉を口に運ぶ。雑味がなく、しっかりと醤油《しょうゆ》の味がしみ込んだじゃがいも。そして豚バラ肉の旨味《うまみ》に、玉ねぎの持つ甘辛さ。それぞれの味が引き立て合って、まさに至福の味わいだ。

少し濃い目の味付けなのは、俺の好みを考えてくれたからだろう。砂糖のほかにみりんも使っているのか、食べ応えのある仕上がりになってる。

肉じゃがを作れれば嫁に行けるとか聞いたことがあるが、その基準なら星蘭は理想のお嫁さんだろう。

「朝の味噌汁といい、星蘭本当に料理上手だな。料理人とか目指せるんじゃないか？」

「と、思うじゃん？　でも褒めすぎだって〜。ちょっと家庭料理できるだけだし」

「やっぱりアレか？　家でよく料理してたのか？」

「あ〜……うん。まぁ、そんなとこ」

どこか気まずそうに笑う星蘭。しまった……彼女に家の話は禁物だったか。

「悪い……。嫌なことを聞いたよな」

「ううん、大丈夫！　ってかあたしも、菱田《ひしだ》さんには作り甲斐《がい》あるし！　メッチャうまそうに食べてくれるもん！」

気遣ってか、すぐに笑顔を向けてくれる。

「なんか、人のためにご飯作るっていいよね。菱田さんのおかげで思い出したかも」

「そうか？　それなら良かったが」

思い出したという言い回しには少し引っ掛かりを覚えたが、詮索しない方がよさそうだ。

それより、今は食事を楽しもう。

「悪い。この肉じゃがおかわりあるか？」

「あ。もう食べたん？　じゃあよそってくるね！」

「え？　いや、いいよ。いつも通り自分で――」

「だめー！　菱田さんは座ってて」

立とうとするも、星蘭からストップが入る。

「菱田さんはお仕事で疲れてるっしょ？　だから家のことは任せてよ。買い物も行かせちゃったしね」

そう言って俺からお皿を奪い、キッチンへと駆けていく。そして、こんもりと肉じゃがをよそってきた。

「はい、どーぞ！　大盛りにしといたよ！」

「おぉっ……！　ありがとう、いただくよ」

「えへへー。いっぱい召し上がれ♪」

一杯目より明らかに多めによそい、ニコニコと笑顔を向ける星蘭。料理を褒めたのが効いたのか、普段よりさらに好意的な笑みだ。

その明るい笑顔に、何だかこっちまで笑みが零《こぼ》れる。それにこのままじゃ、彼女の料理がなければ生きていけない体にされてしまいそうだ。

いや、料理だけじゃない。

思えば今日は丸一日、星蘭の世話になっていた気がする。朝起こしてもらい、掃除や洗濯、布団《ふとん》干しまでしてもらった。料理以外でも、彼女は俺の生活をかなり支えてくれている。部屋を改造されたりもしたが、あんなのは些細《ささい》な問題だろう。

女子高生にお世話され続けるなんて……これではすっかりダメな大人だ。しかも一番困るのは、そんな今の環境に俺が居心地のよさを感じてしまっていることだった。

※

「菱田さーん。朝だよ、起きてー。今日はお仕事なんでしょー？」

「ん……あぁ……」

翌日。俺は可愛らしいソプラノボイスで目を覚ました。

見ると、つけまつげをした星蘭が俺の顔を覗《のぞ》き込んでいた。

「おはよ、菱田さん！　今日のご飯、和風と洋風どっちがいい？」

「んー……洋風……。って、今日も作ってくれるのか？」

「あったりまえじゃん！　菱田さんが身支度する間に作るから！」

そう言い、パタパタとスリッパを鳴らして駆けていく星蘭。その背中を見送った後、俺は着替えるためにベッドから出た。

その時、俺はふと気づく。いつも寝起きに感じていた、重い疲れがないことに。

普段の俺なら、どれだけ寝ても日頃の疲れが全部抜けきることはなかった。そのせいで大抵朝は寝起きが悪く、動けるまでには時間がかかった。

しかし今日に至っては、疲れをまったく感じないのだ。起きてすぐベッドから出ることができたし、なんだか体が軽い気もする。

思い当たる点は、やっぱり昨日の出来事か……。

久しぶりに栄養のある食事を食べて、ゆっくり風呂《ふろ》に浸《つ》かることもできた。そして、綺《き》麗《れい》になった部屋でぐっすり睡眠。基本的だが、俺が疎《おろそ》かにしていたこと。

どうやら星蘭《せいらん》のおかげで生活の乱れが整って、調子が戻ってきたようだ。

「はは……。これじゃ、どっちが大人か分からんな」

着替えを済ませ、洗面所で顔をざっと洗う。そしてリビングへと行くと、星蘭が朝食の準備をしていた。やっぱり、ご飯作ってもらうのっていいよな。

「あ、菱田さん。もうすぐできるから──って、うわ！　髪めっちゃボサボサじゃん！」

「え……？　あ〜……しまった。寝ぐせだな」

髪を触ると、一部が跳ねていた。洗面所では気づかなかったな。

「大丈夫だ。あとで職場で適当に直すし」

「いや、そのまま外出ちゃダメでしょ。フツーに」

めんどくさそうにする俺を、星蘭がジトッとした目で見てくる。

「しょうがないなぁ。トースト焼いてる間に、直すか〜」

「え？」

星蘭が棚からタオルを取り出して蛇口の水で濡《ぬ》らして絞る。それをレンジで一分チンした。

「はい！　この蒸しタオルで寝ぐせ押さえて！　髪の根元がしっとりするまで」

「あ、あぁ……」

言われた通りにタオルで髪を押さえつける。そして少しの間待ってから離すと、寝ぐせはすっかり取れていた。

「よし、おっけ！　ってかせっかくだし、ついでにこのままセットもしよっか」

「いや、いいよ。そこまでしなくても」

「いーじゃんいーじゃん！　スタイリングしたげる！　あたしワックス持ってるから！」

どうやら星蘭のお世話魂に火がついたようだ。彼女は可愛らしいピンクの容器を持ち出して、俺の後ろに立った。

「じゃあいくよー？　まずはワックスを手に取って温めてー。適度に溶けたら……わしゃわしゃわしゃー！」

「うわっ⁉」

星蘭がワックスの付いた手で、俺の髪をワシャワシャといじる。

「おー。菱田さん、けっこう剛毛なんだね？　男らし～♪」

「お、おい！　星蘭！　やめろって！」

「あははっ！　いーじゃん！　楽しいっしょ？」

女子に髪を弄《いじ》られるなんて、生まれて初めての経験だ。そもそもこんな気安いスキンシ

ップを異性から受けることすら、ほぼない。なんだか妙に気恥ずかしい。

「よーし。根元から毛先までワックス付けたら、髪の毛にしっかり揉《も》みこんで〜。あとは、全体を整えていけば……はいっ、かんせーい！　どうどうっ？」

鏡を受け取る。見ると毛束がまとめられ、ボリューム感のある髪型になった俺の姿が。

「結構カッコよくなったじゃん！　菱田さん、マジイケてるよ？」

「そ、そうか……？　確かに、ちゃんとしてはいるけど……」

五分程度で終わった割には見栄《みば》えがいい。さすがはギャルと言ったところか。

「菱田さん、大人なのに意外とだらしないよねー。家事もそうだけど、身だしなみもちゃんとしないとさ。せっかく素材はいいんだから」

「悪かったな。だらしなくて」

「ま、いっかー。今日からはあたしがやったげるし」

「え⁉　毎日セットするのか？　いいって」

「よくないでーす。ちゃんとした方が、職場でも絶対評判いいじゃん？」

彼女の中では、すでに決定事項のようだ。

ますますお世話をされそうだが……俺も、少しはちゃんとしないとな……。

※

「おわっ！　菱田さん、髪型どしたんですか⁉」

着いて早々、同じタイミングで出勤してきた藍良《あいら》ちゃんに声をかけられた。

「な、なんだ？　髪型、やっぱ変だったか？」

「いや……むしろ、結構カッコイイから驚きまして。なんか、いつもと全然違う……」

「あ～。まぁ、今日は整えて来たからな」

「珍しいですね……いつも寝ぐせとかついてるのに……。もしかして、彼女とかできたんですか？　はぁ～、やだやだ。いきなり色気づいて。これだからまぁ、リア充は」

「ちげーよ！　今日はその……たまたま時間があっただけだ」

「そうですか？　それにしては、セットが上手《うま》いような気が……」

じろじろと俺の髪を眺める藍良ちゃん。なんかこの子、妙に鋭いぞ。自分でやったんじゃないってバレないだろうな……？

「こら。廊下でたむろしないで頂戴」

「うげっ。芹沢《せりざわ》さん……！」

先に来ていたらしい真奈美《まなみ》さんが、コック姿で更衣室から出てきた。

「うげっ、とは失礼ね、藍良さん。たまにはキッチンに入ってみる？　たっぷり可愛《かわい》がってあげようかしら」

「け、結構です！　ホールは私がいないとだめなのでっ！」

ちなみに、全然そんなことはない。

「そう。じゃあ、早く着替えて仕事をしなさい」

「は、はいー！　失礼しますー！」

逃げるように更衣室へと飛び込む藍良ちゃん。やはり、厳しい真奈美さんは苦手らしい。

「さて。菱田君も早く着替えて開店準備をして頂戴。社員が模範にならないと」

「分かった。すぐに着替えるよ」

男性用更衣室のドアノブに手をかける。その時。

「それと——今日の髪型、私も素敵だと思うわよ」

「え？」

振り向くと、真奈美さんが俺に微笑《ほほえ》んでいた。その後、すぐに背を向けキッチンへ。

一人取り残された俺は、彼女の珍しいお褒めの言葉に「マジか……」と小さく呟《つぶや》いた。

※

星蘭と同居してから、俺の生活は驚くほど改善された。

彼女は毎朝毎晩欠かさず食事を作ってくれるし、掃除や洗濯も嫌な顔一つせずこなしてくれる。帰ってきたら熱々のお風呂を沸かして待ってくれているし、食事のあとの洗い物まで、面倒なことは全てこなしてくれた。そのおかげで疲れはとれるし、身だしなみも彼女が気にしてくれる。それに伴い、仕事先での俺の株も上がった。

星蘭との生活は、思った以上に俺へのプラスが大きかった。俺たちのことが誰かにバレる心配はあるが、それを差し引いても快適な生活である。家出少女を助けるつもりが、蓋を開ければ俺の方が色々助けられていた。

しかし……そこまでしてもらうと、今度は逆に俺の方が罪悪感を覚えるわけで。

一応俺は居候を許可している立場ではあるが、少しはお礼をするべきでは？　そう思い、俺はとある人物にアドバイスを求めた。

「え？　今どきのＪＫ事情？」

お店の開店準備中。だるそうに掃き掃除をする藍良ちゃんに、俺は話を振ってみた。

「それを私に聞いちゃいます……？　菱田《ひしだ》さん、チャレンジャーですわぁ～」

「なんでだよ。藍良ちゃんも立派な女子高生だろ？」

特に、年は星蘭と同じ十七歳のはずである。

「いやいや……私、見ての通りの陰キャだし……。ＪＫじゃなくて、女子高生ですし」

その二つに違いはないように思えるが。ＪＫの方が陽キャっぽいということだろうか？

「とにかく、何か分からないか？　今どきのＪＫはどんなものが好きか」

「いや、無理ですってー。そもそも、好みなんて人によって違いますしおすし。ＪＫだからって一括《くく》りにするのは失礼な話だと思いますがそれは」

おいおい、何だその正論は。俺いま、藍良ちゃんに諭されたのか？

「ってか、なんで急にそんなことを？　菱田さん女子高生でも口説きたいの？」

「うぐっ……!?」

しかも痛いところを突かれた。まさか『拾ったＪＫを喜ばせたい』とは言えないし。

「えっと……実は、親戚にちょうど藍良ちゃんと同い年の女の子がいてさ。今度その子と会うから、どんな話すればいいか知りたいんだよ」

とりあえず、思いついた嘘《うそ》で誤魔化してみる。

「あ～、そういうこと～……。じゃあもう、私よりその子の親とかに聞いたほうがいいのでは？　その方が情報確実じゃないかと～」

ダルそうに鋭いことを言う藍良ちゃん。あんま手こずらせないでくれ。

「まぁ、そうだけどさ。参考までに教えてくれない？　女子高生の興味ありそうなもの」

「ええ～。そう言われましてもぉ～。陽キャの生態とか知らないですし……。私の好みでいいってことなら、ゲームとか睡眠なんだけどなぁ～」

ゲームか……星蘭が興味あるかどうかは分からないな。ギャルでもゲームはやるんだろうか？　ってか、そこに睡眠が入るあたり、藍良ちゃんの自堕落さがうかがえる。

「あとはまぁ……普通にクラスの陽キャ共は、動画の話とかしてますけどね～」

「動画？」

「はい。『ようつべ』とか『T i k T ◯ k』とか。なんか人気の動画見て、馬鹿みたいにわーきゃー騒いでますけど。周囲の迷惑も考えず」

吐き捨てるように言う藍良ちゃん。言い方に棘《とげ》がありすぎるが……なるほど動画か。確かにそれなら誰でも興味ありそうだ。

というか、待てよ。星蘭ってたしか、スマホ持ってないって言ってたよな？　家出するとき置いてきたとか。

「じゃあさ、藍良ちゃん。最近のスマホでオススメとかある？」

「さぁ？　私、ショップ店員じゃないんで。それこそ、機種ごとに色々ありますし好みによっても変わるんじゃ？」

なるほど。つまりそこは本人に聞くべきということか。

「まぁ、私に分かるのはそれくらいですんで。力になれそうにないですけど～」

「いや、十分だ。ありがとう、藍良ちゃん」

とりあえず、これで方針は決まった。星蘭《せいらん》へのお礼を何にするのか。

※

その日の夜。仕事を終えて帰宅する。

「あっ、菱田さん！　お帰りなさい！」

鍵を回して玄関を開けると、すぐに星蘭がお出迎えをしてくれた。

「今日遅かったね。大丈夫？　お仕事忙しかったとか？」

「まぁ、ちょっと残業があっただけだよ。星蘭は今何してたんだ？」

『あ、聞いちゃう？　じゃーん！　これ見て、コレ！　やばくない!?』

星蘭が手を差し出した。見ると、爪がキラキラと輝いている。

「へぇ……ネイル塗ったのか？」

「前に買ったやつ、せっかくだし付けてみたんだ〜。どう？　どう？」

ずずいっと寄ってくる星蘭。ラメが入った赤色のネイルが塗られており、ハートや月の形のシールも貼られている。

「正直あんまよく分からんが……まぁ、綺麗《きれい》なんじゃないか？」

「でしょ〜！　いいよね、このラメ入り！　ネイルシールも可愛《かわい》いし〜」

うっとりと自分の指を見つめる星蘭。その様子はいかにもギャルギャルしい。

「あっ、もちろん家事は全部終わってるから！　シャツが結構ヨレてたから、アイロンがけもしといたし！」

付け加える星蘭。彼女は軽そうに見えて、意外ときっちり自分の仕事をこなしてくれる。

「悪いな、星蘭。迷惑かけて」

「いや、これくらい当然だって。住まわせてもらってんだしさ」

いつも通り明るく言う星蘭。

そんな彼女に、俺は切り出す。

「あのさ、星蘭。家出する前は、スマホとかよく使ってたのか？」

「え？　スマホ？　当たり前じゃん。現代人なら皆使うっしょ？」

そりゃそうか。皆仕事や遊びでスマホを使う。それがないのは不便だろう。

「あたしの場合、バズッてる動画のチェックはしてたよ。でも、いきなりどしたん？」

「よし。じゃあ明日買うぞ。星蘭のスマホ」

「えっ⁉」

告げた途端、星蘭の瞳が爛々《らんらん》と輝く。

「明日の出勤、ちょっと遅めでも大丈夫だからな。朝一で携帯ショップ行こう」

「ま、マジで⁉　マジでスマホ買ってくれんの⁉」

見るからにテンションを上げるギャル。やっぱりスマホが欲しかったようだ。

だが彼女はすぐに冷静になる。

「いや、でもさすがに悪いって！　高いし、家置いてもらってスマホまで……」

「まぁ、遠慮すんな。これでも社会人だからな。携帯代くらい余裕で出せる」

「で、でも～……。あたし、めっちゃ図々《ずうずう》しい女みたいじゃない？」

「それ言うなら、家に上がり込んできた時点で図々しいと言えなくもないな」

「うぐっ……」

痛いところを突かれたとばかりに、星蘭が言葉を詰まらせる。

「う～……菱田さんの意地悪……。きちくぅ～……」

「拗《す》ねるなって。それに図々しいとは思わないから。むしろ、感謝してるくらいだぞ」

「え?」

「スマホは、家事やらなんやらでお世話になってる俺からの礼だ。確かに住む場所を貸す代わりに家事を頼みはしたが……星蘭は必要以上に仕事をこなしてくれてるからな」

食事はいつも美味《おい》しい上に、メニューも被《かぶ》りがないよう配慮してくれてる。掃除はいつも行き届いているし、星蘭が来てからキッチンやトイレも、住み始めた頃のようにピカピカだ。いつも手を抜かず家事をしないと、ここまで清潔さは保てないだろう。サボろうと思えばもっと手を抜けるハズなのに、毎日百点以上の家事で俺の生活を支えてくれてる。

他にも洗濯物が溜《た》まらなくなったり、買い出しに行く必要がなくなったりと、星蘭のおかげで助かってることはいくらでもある。

「それに、スマホがあれば何かあった時に星蘭と連絡とれるだろ?」

「何かって?」

「例えば……仕事で帰りが遅くなる時とか」

帰る時間が分からないと、夕食を作る星蘭にも負担がかかるだろう。帰宅時間は大体いつも同じだが、たまに残業で遅くなるからな。そういう時に連絡できればなにかと便利だ。

それに帰りが遅いからと、星蘭を心配させずに済む。

「あと、晩飯のリクエストもできるだろ？　急に食べたいものができた時に頼める」

「あ。確かに、それは便利かも」

「ってわけで、遠慮なんかしなくていいから。連絡手段兼お礼として、俺にスマホを買わせてくれ。今のままじゃ、明らかに俺がもらいすぎだからな」

「菱田さん……。分かった！　それなら遠慮なくもらうね！」

星蘭がようやく素直に受け入れてくれた。

「マジでありがと！　菱田さんチョー好きー！」

「大げさだな、おい。あんま簡単に好きとか言うな」

「あ、本気にしちゃった？　でも実際さぁ、嫌いじゃないよ？」

「そーすか。それは嬉《うれ》しいなぁ〜」

そんな軽口を叩《たた》きつつ、俺たちはスマホを買う約束をした。

※

「ありがとうございましたー！」

翌日の正午ごろ。俺たちは店員の声に見送られつつ、携帯ショップを後にする。

「えへへ……えへへへ……」

ニヤニヤ笑う星蘭が手に持っているのは、買ったばかりの最新スマートフォンだった。

「菱田さん、マジでありがとね！　前よりいい機種買っちゃった！」

今にもスキップを始めそうなほど、弾んだ声で言う彼女。

星蘭が選んだのは、カメラレンズが複数ついていて、写真が綺麗に撮れることを売りにしている機種だった。他にも新開発のスピーカーを内蔵していて音が綺麗に聞こえたり、劣化しにくいバッテリーを使っていたりと、全体的にスペックが高い。

それだけに、ある程度値は張るものだったが……。

「すご～！　これ出たばっかで人気なんだよね～！　まさか買えるとは思わなかった！」

まぁ、星蘭が喜んでいるなら後悔はない。

「良かったな。大事に使ってくれよ」

「もちろん！　ってか、ヤバ……ホント嬉しい！」

信号待ちの途中、アプリをダウンロードしながら目をキラキラと輝かせる星蘭。

彼女の無邪気な表情は、本当にこの上なく可愛《かわい》い。つい視線が吸い寄せられて、胸が高鳴るのを感じる。この顔を見られただけでもスマホを買った甲斐《かい》があった。

「さてと……じゃあ俺、これから仕事だから。まっすぐ家に帰るんだぞ」

駅へ向かう大通りで、俺は星蘭と別れようとする。

「あっ、菱田《ひしだ》さん待って！　電話番号教えてよ！」

「お。そういえば、まだ教えてなかったな」

「うんっ！　だから早く早く！　あと菱田さん、イ〇スタやってる？」

「いや、ＮＹＡＩＮくらいしか使ってないが……」

「じゃあＮＹＡＩＮも教えて！　ＱＲコード読み取って！」

星蘭に言われるがままに、ＮＹＡＩＮの友達追加画面を開く。そして、彼女の出したＱＲコードを読み取った。それから軽く操作をし、友達登録を完了させる。

「やった！　これで菱田さんと友達ー！」

「友達って……いや、まぁいいけど……」

なんか、ちょっとむず痒《がゆ》いな。女子との連絡先交換イベントなんて、俺の人生でほぼなかった。ましてやこの年になって、仕事以外で女子高生と電話番号を交換するとは。

と、その時。ＮＹＡＩＮの通知音が鳴る。見ると早速彼女からの着信。可愛いペンギンが、『誠によろしく』と頭を下げているスタンプだ。

「えへへ。試しに送ってみちゃった」

てへっ、と軽く舌を出して笑う彼女。

「このスマホでは、菱田さんが最初のあたしのお友達だね♪」

「あ、ああ……そうか……」

やばい。やっぱり可愛いぞこの子。そんなに無防備な笑顔を向けるな。本気でドキドキしてくるから。

「あ、そうだ！　ついでにプロフ写真撮っちゃお！　菱田さん、一緒に写ってよ」

「俺が？　うおっ⁉」

星蘭が急に俺の側に寄る。今にも肩が触れるほど近い、恋人のような距離感だ。

「おまっ、あんま近づくなよ」

「え、ダメ？　迷惑だった？」

「そうじゃないけど、簡単に男の側に寄るな。もっと警戒心を持て」

「だって菱田さんは信用できるじゃん。あたしのコト、すごい優しく気遣ってくれるし」

買ったスマホを握りしめ、真っすぐな目で彼女が言う。

「いやらしいこともしてこないしね。だからこれくらいダイジョーブだよ。それに、前からプロフは好きな人とのツーショットにしてるし！」

「……！」

好きな人。話の流れ的に、それが友愛的な意味だとは分かる。

それでも、その括《くく》りに俺もいるのは正直ちょっと嬉しかった。なんというか、女子高生からそう言われると、存在を許されたような気になる。

「じゃあ撮るよ～？　はい、チーズ！」

スマホを構えて、早速自撮り。隣り合った俺と星蘭がスマホ画面に切り取られた。

「やった！　これ後で設定しとくね～！」

「お、おう」

なんか本当に照れくさい。俺、顔赤くなってないかな……。

「そ、それより……。友達に連絡はしなくていいのか？　心配してる子もいるだろう」

照れ隠しに、別の話題を振る。

実際、友達が突然家出して行方知れずになったら、普通は気になるだろう。スマホが手に入ったのなら、連絡したほうがいい気はする。

「あ～……。確かに心配してそうだけど……。電話番号は前のスマホに入ってるし、ＮＹＡＩＮは新しくアカウント作っちゃったからなぁ」

「まぁ、わざわざ電話番号暗記しないよな……」

「友達には悪いけど、連絡はちょっとできないかな。皆が恋しくはあるけどね～」

ギャルだけあって、やはり友達は多いようだ。

しかし、そんな学校生活を捨ててまで、星蘭《せいらん》は家出をしたということになる。よほど我慢できない問題があったのだろう。上から人を見ているようで『可哀想《かわいそう》』とは言いたくないが、やはり気の毒には思う。

と、その時。俺は思い出した。

「あぁ、そうだ。そういえば、もう一つ星蘭にプレゼントがあったんだ」

「えっ、マジで⁉　まだなんかあるの⁉」

星蘭が驚愕《きょうがく》の表情を向ける。

「さすがに悪いって！　受け取れない！　スマホだけでも十分だし！」

「いいから、遠慮なんてするな。昨日も言ったが、これは俺からのお礼なんだよ。それに、大人からの厚意は受け取るもんだ」

「菱田さん……」

仕事用の鞄《かばん》を漁《あさ》る。そして星蘭に用意していた、もう一つのプレゼントを取り出した。

「ほら。黙って受け取ってくれ。その方が俺としても嬉しい」

「菱田さん……！　ほんとありがとう！　──って、え？」

俺が渡したブツを見た瞬間、星蘭の体が固まった。

そのブツとは……高校二年生の問題集だ。数学や英語など、教科ごとに一冊ずつある。

「菱田さん……？　これは一体……？」

「だから、俺からのプレゼントだよ。星蘭が家で勉強できるようにな」

星蘭が学校を休み続けていることに、俺はずっと心配していたんだ。勉強はどんどん遅れてしまうし、退学だってあり得るだろう。

でもとりあえず勉強だけはしておけば、最悪退学になったとしても、卒業資格を取ることはできる。だから、まずはしっかり勉強をしてもらいたいのだ。

「いやっ、でも悪いよ！　受け取れない！　スマホだけでも十分だし！」

「さっきとは別の意味で断ろうとするな！　勉強しないと立派な大人になれないぞ」

「だけど、ほら！　あたし家事あるし！　日中は勉強できないし！」

「じゃあ、夜一緒に勉強するか。俺が帰ってから、少しずつテキストを進めていこう」

「……うへぇ」

俺の提案に、ごみ溜《た》めを見た時のような顔をする星蘭。

その顔で、俺は一つ確信をした。このギャル、絶対勉強が嫌いだ。

同時に俺は決意もする。絶対勉強から逃がさねぇ、と。

「将来のためにも、学ぶことはしっかり学ばないとな。俺も付き合うから頑張ろう」

「……ふぁい」

笑顔を向ける俺に、星蘭は諦めたように頷《うなず》いた。

※

『アヴァロン』での勤務中。

夕方の休憩時間にスマホを見ると、早速NYAINに星蘭のメッセージが届いていた。

『菱田さん！　お疲れ様！　今日の晩ご飯、何がいい？』

「早速有効活用してるな。じゃあ……『カレーとか作れるか？』っと」

俺がメッセージを打ち込むと、すぐ既読がついて返事が来る。その返事に対して、俺もすぐに文章を返した。

『りょ！　辛《から》さは中辛？　辛口？』

『俺はいつも辛口だけど……星蘭の好みに合わせていいぞ』

『あたしも辛口で大丈夫！　具材は玉ねぎ、じゃがいも、にんじん、豚肉で良い？』

『ああ。ただ、エビとイカも入れてくれると嬉しい』

『シーフードカレー!?　あたし今まで食べたことないかも！』

『マジか。結構うまいぞ。食べ応えも増すしな』

連続で何度かやり取りし、少し疲れてスマホを置く。

「ふぅ……」

目頭を押さえ、目の疲れを揉みほぐす。

「女子とメッセージとか、何年ぶりだ……？」

まるで青春時代に戻ったような感覚に、不思議な胸の高鳴りを感じる。仕事で学生と話すことはあるが、私用で女子高生とこんな会話をするなんて、普通ありえないことだろう。

何だか高校生の頃、同じ部活だった好きな子と夜にメールしたことを思い出す。返信が来るまで待ち遠しくて、ずっとソワソワしてたっけ……。

星蘭の場合、基本すぐにメッセージを返してくるが、たまに返信が途切れると、ついあの時のようにソワソワしてしまう。

そして――

『そうなんだ！　楽しみ！　美味《おい》しく作るから、お仕事ファイト！』

「ははっ」

返事を見て、思わず笑みをこぼしてしまう。

こんな優しいメッセージをもらうのも、一体どれくらいぶりだろう。それも女の人の労《ねぎら》いとなれば、男としてやはり感じるものがある。本当に、彼女やお嫁さんができた感覚だ。

女子高生相手に変な妄想をしているワケではないけれど、女の人が家で食事を作りながら待ってくれているなんて、今の時代珍しい幸せだ。不思議とやる気が湧いてくる。

なんて幸せな気持ちに浸っていると。

「すみません！　菱田さん、いますか!?」

ホールスタッフのバイト学生が、血相を変えてスタッフルームの扉を開いた。

「おー、宮原《みやはら》君。どうかしたのか？」

「休憩中すみません！　ちょっと来てください！」

※

宮原君に呼ばれてホールへ赴くと、ただならぬ雰囲気のテーブルがあった。

怒りに顔を歪《ゆが》めた一人のチャラそうな男性客が、スタッフの藍良《あいら》ちゃんに圧をかけてる。

「おい、ふざけんなよ。なんなんだこの店」

「は、はい……申し訳ございません……」

「申し訳ございませんじゃなくてさ。どうしてくれんの？　って聞いてんの」

怒鳴ったりこそしないものの、静かに怒りを向けるお客さん。

もしかして、藍良ちゃんがまた何かしたのか？　そう思い、宮原君に事情を尋ねる。

「それが、どうやらコーヒーに髪の毛が入っていたようで……」

髪の毛か。キッチンで混入したのか、配膳の時に入ったのか。なんにせよ、直ちに謝罪しないといけないな。

「まさか、謝罪して終わりにしようってつもりじゃないよな？　あ？」

「えっと、その……。新しいものと取り換えますので……」

「だーかーらー。それだけで済まそうとしてんじゃねーよ。客にこんなもん出しといて」

おどおどする藍良ちゃんと、そんな彼女に詰め寄るお客さん。

俺はすぐにそのテーブルまで行く。

「申し訳ございません、お客様」

藍良ちゃんの隣に立ちながら、開口一番頭を下げた。

横目で、藍良ちゃんがおどおどしながら俺を見ているのが分かる。

「あー、なに？　アンタ上の人？」

「はい。左様でございます」

店長というわけではないが、この時間のホールを任されているのは俺だ。ここは俺がどうにか収めないといけない。

「あのさぁ。どうしてくれるわけ？　俺のコーヒーに髪の毛入ってたんだけど」

「大変申し訳ございません。すぐに新しいものをお持ちします」

「おい、ちょっと待てよ。それだけじゃダメだろ」

案の定、俺にも食ってかかってくる。

「お前ら、客に髪の毛入りコーヒー飲まそうとしたんだろ？　もっと誠意とかねぇの？」

睨《にら》みつけるような彼の視線。こんな目で見られたら、藍良ちゃんでは対応できまい。

「ってかそもそも、なんで髪の毛なんか入るわけ？　あり得ねえだろ、普通よぉ」

「はい。髪の毛ということですので、おそらく制服についていたものが、コーヒーをご用意する途中か、配膳中に落ちたのではないかと思われます」

「へぇ～。結局そっちのせいなわけだ」

「はい。私どもの配慮が不十分でした。ご不快な思いをさせてしまい、誠に申し訳ございません」

改めて頭を下げる俺。そして続けて言葉を加える。

「今回はこちらが提供するべきでない商品をお出ししてしまいましたので、お取り替えさせていただきます。また誠に勝手ながら、こちらの商品はお値引きさせていただきます」

「あっそ。要するに金で解決するつもりなわけ？」

「いえ。決してそういうわけでは……」

「ってかさ。この長いの、明らかにお前の髪の毛だろ。マジでどう責任とるつもりなの？」

カップに垂れた髪の毛を指さす男。それは黒の長髪で、藍良ちゃんのものと一致する。

「あ、いや……それは……」

藍良ちゃんが震える声で言う。そんな彼女に、男は続ける。

「おい、お前。ちゃんと誠意見せろよ。今ここで俺に土下座しろ」

「ひっ……！」

にやぁといやらしい笑みを浮かべる男。

コイツ……もしかして、そっちが狙いか？　怒りたいだけとか、返金とかじゃない。クレームにかこつけて、女の子に土下座をさせて優越感に浸るために……。

「俺は危うく、お前の髪の毛飲まされるところだったんだぞ？　ちゃんと詫《わ》びなきゃダメだろ？　なぁ？」

「ひ、菱田《ひしだ》さぁん……」

責められて、涙目になって俺を見る藍良ちゃん。

そうだな、怖いよな。分かる。俺もちょっと怖いから。

でも、ここは引くわけにはいかない。

「申し訳ありません。それはできません」

「は？」

さっきよりも強い眼光で俺を睨みつける男。

「なにお前？　なんか文句あんの？　悪いのはコーヒーに髪入れたコイツだろ？」

「それに関しては、大変申し訳ございません。しかし土下座の強要はいき過ぎています」

「うるせえな！　黙ってろよボケ！」

男が怒鳴る。いよいよ悪質クレーマーらしくなってきた。

「お静かにお願いいたします。他のお客様のご迷惑になりますので」

「はぁ⁉　なんだそれ！　先に迷惑かけたのはそっちの方だろ⁉」

「それとこれとは話が別です。とにかく、もう少しお静かに……」

「いいから早く頭下げろよ！」

「きゃっ⁉」

苛立《いらだ》った男が、藍良ちゃんへと手を伸ばした。そして頭を鷲掴《わしづか》みにする——

直前、先に俺が男の腕を摑《つか》んだ。

「なっ……!?」

「おやめください。お客様」

腕を摑んだ手に力を入れる。

「いたっ……!?」

「これ以上は警察を呼ぶことになりますよ」

男の目を見て、静かに告げる。すると彼がゾクッと震えた。

「……チッ！」

摑まれた腕を振りほどき、俺を一瞥《いちべつ》する男。

しかしそれ以上は何もせず、彼はそのまま退店した。

「ふぅ……。やっと帰ったか……」

「はぁぁ……怖かった～……」

その場にぺたんとへたり込む藍良ちゃん。緊張の糸が切れたのだろう。

「藍良ちゃん、お疲れ様。頑張ったな」

「うぅ……菱田さん……菱田さ～ん！」

涙目になり、声も震えている。まぁ、あんなクレーマーに絡《から》まれたら、女子高生として
はただただ恐怖を感じるよな。労うためにも、できるだけ優しく言葉をかける。

「大丈夫か？　どっか怪我《けが》とかしてないよな？」

「大丈夫ですけど……ごめんなさい。私のせいでこんなことに……」

いつもとは違い、神妙な面持ちで謝罪の言葉を口にする藍良ちゃん。今のクレームがよほど堪《こた》えたのだろう。

「まぁ、そんなに気にするな。それに黒の長髪なら、厨房《ちゅうぼう》の人の可能性もあるし。仮に混入したのが藍良ちゃんの髪の毛だったとしても、とりあえず次から注意すればいいよ」

「あぅ……菱田さん、いつもより優しい……」

「馬鹿。俺はいつも優しいだろ」

実際、かなり優しい方だと思うぞ。普段の藍良ちゃんの接客とか、他の店なら怒鳴られても不思議はないし。

「じゃあ、仕事続けられるか？　もし厳しかったら早めに休憩入ってもいいが……」

「あ、いや……大丈夫です。やっぱ接客嫌だけど、やります……」

藍良ちゃんが立ち上がり、男の席を片付け始める。この調子なら任せてもよさそうだ。

俺は残りの休憩を消化するため、バックヤードへ戻ろうとする。

「あ、あと……菱田さん」

「ん？」

「助けてくれて、どうもありがとうございました……」

珍しく素直に頭を下げる藍良ちゃん。

「その……メッチャかっこよかったです、よ……？」

「おいおい。なんで疑問文なんだよ」

そんな藍良ちゃんらしくないことを言うほど、本当に怖かったんだろうな。

俺は少し早めに休憩を切り上げ、彼女のフォローをすることに決めた。

※

クレーム男性を撃退した後。

それからは特に大した問題もなく、平和に一日が過ぎ去っていった。

そして今日は平日なので、土日よりも一時間早く二十一時には店じまいをする。バイトの藍良ちゃんたちを先に帰して、残りの業務を片付けた。

「よし……これでレジ締めも完了っと」

あとは着替えて、鍵をかけるだけだ。あぁ、早く帰りたい。今日は星蘭《せいらん》がカレーを作って待ってるしな。

「お仕事は終わった？　菱田君」

「あっ、真奈美《まなみ》さん」

キッチンから真奈美さんが出てきた。彼女もまだ残っていたらしい。

「ああ。後は鍵かけだけだよ。真奈美さんの方は？」

「今終わったわ。それより、今日はお疲れ様。あの騒ぎのこと聞いたわよ」

真奈美さんが気の毒そうに言う。騒ぎというのは、当然クレーム客の件だろう。

「ホール業務は大変ね。最低な人間もお客様として敬わなければいけないんだもの。髪の毛が入っていたのはこちらが悪いけど、手を出そうとするのは論外よ」

「ほんとだよ。まぁ、藍良ちゃんに怪我がなくて良かったよ」

「たしか、菱田君がカッコよく庇《かば》ったらしいわね。ちょっと見直してしまったわ」

「ってことは、今までは見下してたってこと？」

「あまり上げ足をとらないで頂戴。そういう男は嫌われるわよ」

素っ気なく言い放つ真奈美さん。いつも通りクールにバッサリ切り捨てられた。

だがその直後、予想外の言葉が飛んでくる。

「とにかく、今日は疲れたでしょ？　一緒に食事でも行きましょう。奢《おご》るわ」

「えっ？」

突然の提案に固まる俺。

「俺と真奈美さん、二人で食事？」

「ええ、そうよ。何かおかしいかしら？」

「いや、おかしいっていうか……珍しいなって。今まで誘われたことなかったから」

しかも奢りとか、彼女は何か企《たくら》んでいるのか？

「もしかして、警戒されているのかしら？　さすがに少し傷つくのだけど」

「あ、いや……！　別にそういうわけじゃ」

「まぁ、確かに無理もないわね。一応これでも、普段は素っ気ない自覚あるし」

「じゃあ、なんでいきなり誘ったの？」

「実は、前にアドバイスをもらったキーマカレーパスタが、先日のコンペで通ったの。そのお礼をしようと思ったのよ」

「えっ、マジで⁉」

そっか。あのメニュー、本社にも認められたのか。

「それはおめでとう！　よかったー。あれはいけると思ってたからさ」

「ありがとう。でも、菱田君のアドバイスのおかげよ。だから今日はそのお礼がしたくて」

「なるほど。それなら納得だ」

真奈美さんとはそれなりに仲がいいが、それもあくまで職場での話。仕事以外での交流は、これまで全くなかったからな。

「それで、どうかしら？　いい雰囲気のレストランがあるのだけれど」

「あ、うん。もちろん——いや、待てよ……」

首を縦に振ろうとして、俺は咄嗟《とっさ》に思い出した。家で星蘭が待っていることを。

せっかくＮＹＡＩＮで夕飯のリクエストもしたしな……。できれば今日は帰りたい。

でも、職場の人間関係も大切だ。真奈美さんは一度誘いを断っただけで怒るような人じゃないとはいえ、せっかくの厚意を無下にしたくない。

それに、できるだけ早く帰れば大きな問題はないだろう。真奈美さんとの食事なら、あまり長時間にはなりそうにない。外食の後でも、カレーの一杯は食えるだろうし。

「どうしたの？　今日は何か用事でも？」

「いや、大丈夫。じゃあ、遠慮なくご一緒するよ」

「ありがとう。それじゃあ、着替えたら行きましょう」

キッチン用のスタッフルームへ消える真奈美さん。

一応星蘭には遅くなる旨《むね》と謝罪の言葉をＮＹＡＩＮで送る。そして俺もすぐに着替えを終えて店の鍵をかけ、真奈美さんとの夕食に出かけた。

※

真奈美さんに連れていかれたのは、お店から少し離れた場所にあるイタリアンレストランだった。間接照明をうまく使った店内は、明るすぎずいい雰囲気を醸《かも》し出している。俺たちの働く店のようなファミリー系のレストランでは出せない感じのムードがあった。

「へぇ。こんなお店、近くにあったんだな」

「私も最近知ったのよ。落ち着いていていいでしょう?」

俺も真奈美さんもお酒をあまり飲まないため、ウーロン茶で乾杯をする。そして俺はマルゲリータを、真奈美さんはジェノベーゼを注文した。

「菱田《ひしだ》君。改めて、本当にありがとう。あなたのおかげで、初めてコンペで評価されたわ」

「そんな、いいって。コンペ通ったのは、間違いなく真奈美さんの実力だしな」

「でも、菱田君からもらったアドバイス通りにやったら褒められたのよ。見た目の良さとか、子供を意識した味付けとかね」

確かに、そんなアドバイスをしたような気が……。それでも、そのアドバイスをしっかり料理で形にした真奈美さんの功績が大きいと思う。

ただ、褒めてくれるなら悪い気はしないか。

「まぁ、相変わらず自分の仕事では苦労しているようだけれど。藍良《あいら》さん、まだまだ教育不足でしょう。クレームの件も、一人では処理できなかったようだし」

「あれは高校生の女子にはキツイよ。成人男性に睨《にら》まれたら、萎縮してもしょうがない」

「まぁ、それもそうね。お礼の席で口うるさい話もなんだし、何か仕事以外のお話をしましょう」

一言謝罪し、ウーロン茶をすする真奈美さん。

しかし……仕事以外のお話か。こういう時、男としてはどんな話題を振るのが正解なんだろうか。女性と二人で外食なんて、あまり機会がないから分からない。

と、その時。ポケットの中のスマホが震えた。何かの通知が来たみたいだ。

「あ、ちょっとゴメン」

スマホを取り出し、画面を見る。もしかしたら、星蘭からのメッセージかも……。

と、思ったが間違いだった。画面に表示されていたのは、ゲームアプリの通知である。

「お。サモンヒーロー、新イベントが始まるのか」

「え？　サモンヒーロー!?」

俺の呟《つぶや》きに、真奈美さんが耳ざとく反応した。

「サモンヒーローって、もしかしてゲームのことかしら……？」

「え？　真奈美さん、サモンヒーロー知ってるの？」

「知ってるも何も、やっているわ！」

真奈美さんの大声に、思わず体がビクッとなる。

サモンヒーローは、スマホやPCなどで遊べるゲームだ。オープンワールド系のRPGで、可愛《かわい》らしい召喚獣を使役しながらファンタジー世界を探索していく内容である。

「もしかして、菱田君も『サモヒロ』をやってるの？　意外ね……」

「いや、それはこっちのセリフだよ」

まさか、クールな大人の女性である彼女がゲーム好きだとは思わなかった。

「真奈美さん、どれくらいサモヒロやってるんだ？」

「配信当初からやってるわ！　あのゲームはキャラグラフィックも優れているから、とても楽しいもの。召喚獣はマスコットみたいに可愛いし！　それにオープンワールド系のゲームはどれだけ探索しても飽きないでしょ？　私、ああいうゲーム大好きなの！　小さい頃からずっとやってみたいと思ってて。やっと時代が追いついたって感じ！」

「そ、そうか……」

いや、めっちゃ喋《しゃべ》るな真奈美さん……。

いつものクールで落ち着いた彼女はどこに行ったのか。ゲームの話になった途端、まるでオタクのようにペラペラ話す。

「ねぇ！　菱田君はどの召喚獣を使ってるの？　一番好きな召喚獣は⁉」

「え？　あ〜、えっと……俺は、見た目的には『ヴァンパイアロード』が好きかな」

「私も好き！　最初は可愛いけど、覚醒させるとすっごくカッコよくなるのよね！　性能的にも、たしかSランクじゃなかったかしら？　パッシブスキルの『始祖の血統』で、低級の敵は全員『恐怖』状態にできるから、探索するとき楽なのよね」

「そうそう。真奈美さん、メッチャ詳しいな」

「当たり前でしょう！　にわかとは違うわ。試しに私のアカウント見る？」

「うおっ⁉　召喚士レベル二百⁉　俺でもそこまで行ってないぞ！」

「ふふん。簡単に勝てるとは思わないことね」

「いや、でも俺も結構すごいぞ。色々レアな召喚獣いるから」

「えっ⁉　デスエンペラー⁉　これって、かなりのレア素材で召喚するんじゃ……⁉」

「すごいだろ？　召喚までかなり苦労したよ」

なんだか、話している内に俺も楽しくなってきた。

互いにアカウントを見せ合いながら、ゲーム談議に花を咲かせる。

そして食事が運ばれてきてからも、俺たちは全力で語り続けた。

※

そして帰宅中。

気づけば時間は、二十三時を過ぎていた。食事をしながらかなりの時間話し込んでしまったことになる。だが……。

「ああもう、時間が足りないわ！　まだ色々喋りたいことがあるのに！」

真奈美《まなみ》さんは、まだ語り足りない様子だった。お店を出て、その後二人で電車に乗ると、残念そうに嘆きだす。

「でも、もう帰らなきゃダメだから。あんま遅くなると危ないし」

「それは分かるのだけど……。菱田君とこんなに話が合うとは思わなくて……！」

確かに、真奈美さんと仕事以外のことで、こんなに話せるとは思わなかった。

「ねぇ、菱田君……。もう少しだけ話さない？　この時間やっているお店もあるし……」

よほど名残惜しいのだろう。俺の服の裾を掴《つか》んで、上目遣いで尋ねる彼女。

「……っ！」

いや、その誘い方はダメだって。いつも厳しい真奈美さんの、ねだるような弱々しい表情。こんな顔を向けられたら、恋に落ちたっておかしくないぞ。

しかし、俺の頭には一つ心配事があった。それは、星蘭《せいらん》を一人にしてしまっているということだ。遅くなると連絡はしたが、少しでも早く帰らないとな。

「やっぱり、今日はもうやめとこう。明日もお互い仕事だし。駅着くまでは話せるしな」

「分かったわ……。確かに仕事だものね……。ところで、菱田君はどこで降りるの？」

「俺は、あと四つ先の駅だけど」

「えっ？　それ、私も同じよ？」

「え？」

まさか住んでる場所まで近いとは。今日は色々、真奈美さんとの縁が明らかになるな。

「菱田君、あなた家はどこなの？」

「駅を降りた先にある、住宅街の借家だよ。ほら、あの目立つ赤い屋根の……」

「それ知ってるわ！　あそこ菱田君の家だったのね！」

おお、知ってたのか。まぁ、目立つ形してる家だからな。同じ街に住んでいるのなら、目についてもおかしくはない。

「ねぇ、菱田君！　もしよかったら……今度、あなたの家に行ってもいい？　一緒に話しながらゲームをしましょう？」

「えっ⁉」

いや……それは正直困る。星蘭がいる以上、俺の家に上げるわけにはいかない。

しかし……。

「ねぇ……お願い……」

小首をかしげ、可愛らしく尋ねてくる真奈美さん。これは本当に断りにくいぞ……！

それに強引に断ったら、逆に怪しまれる可能性もある。

「わ、分かった……。今度、機会があれば」

「ありがとう！　それじゃあ、今度お邪魔するわね！」

仕事中の無表情な彼女が嘘《うそ》に思えるほど、明るい笑顔の真奈美さん。

俺はその約束が果たされないことを祈りつつ、駅まで電車に揺られるのだった。

※

「ふぅ……やっと帰ってこられたか……」

駅で真奈美さんと別れ、俺はようやく家の前に到着。

思えば、随分と時間がかかってしまった。仕事が終わったら早く帰ろうと思っていたのに、今や日付が変わる直前。星蘭を大分待たせてしまった。

せっかくカレーを作って待っててくれていただろうに、悪いことをしちゃったな。もしかしたら怒っているかもしれない。

一応遅れると連絡はしたし、この時間ならさすがに寝ていることだろう。そう思い、俺は静かに鍵を開けて入る。そして玄関の電気をつけた。

「あれ……？」

そこで違和感に気が付いた。

玄関の靴がいつもより少ない。星蘭の靴がなくなっている。

「星蘭……？」

こんな時間に外出か？　いや、そんなはずはない。

急いで靴を脱ぎ、廊下を走る。そしてリビングの扉を開いた。

「いない……」

いつも彼女は、リビングに敷いた布団《ふとん》で眠る。しかし、そこはもぬけの殻だった。

さらにテーブルには、ラップのされたカレーが二つ置いてある。きっと彼女は俺を待って、一緒に食べるつもりだったのだろう。

「だとしたら、どこに行ったんだよ……!?」

家の中を見るが、どこにもいない。そして靴がなくなっているという事実。

だとしたら、もう外しかない。

「くそっ！」

俺はすぐにまた家を出た。

こんな深夜に女の子が一人外を徘徊《はいかい》。理由は分からんが、嫌な予感が頭をよぎる。

「一体どこなんだよ、星蘭……！」

家の付近の大通りを走り、近くのコンビニや公園を探す。しかし、どこにも見当たらない。少し足を延ばしてゲーセンにも行くが、やっぱり星蘭はいなかった。

不安がどんどん膨らんでいく。

彼女の私物は家にあったから、実家に帰ったわけではないはずだ。

早く……早く見つけないと！

心当たりがない以上、家の辺りをしらみつぶしに探すしかない。俺は一縷《いちる》の望みをかけて、今度は駅へ向かって走る。

すると、駅前の西口の広場。

見慣れた金髪を発見した。

「星蘭！」

つい大声で叫びながら、彼女の元に近寄った。

気づいた星蘭は振り向いて……。

「ぁ……菱田《ひしだ》さんっ！」

ダッ！　と俺に駆け寄ってきた。

「ぐぉっ……!?」

勢い余ってか、星蘭に体当たりをされる。文句を言おうと彼女を見るが……。

「よかったぁ……会えたぁ……！」

心からホッとした顔をする星蘭。

しかもその声は泣きだしそうに震えていた。今まで、よほど心細かったようだ。

「せ、星蘭……！　お前！　外で何してた!?」

俺はまず彼女を問い詰める。なぜ一人で外に出ていたのか。

「夜中に一人で出歩くなよ！　なんかあったら大変だろ！」

「だって……。菱田さん、どこ行っちゃったのかなって思って……」

「はぁ……？　お前、俺を探しに出てたのか？」

「うん……全然帰ってこないんだもん」

それは確かに俺が悪いが……一応、遅れる連絡はしといたぞ？

「こんなに遅いの、初めてだから。あたしのこと、いらなくなったのかなって……」

「っ……！」

不安に曇った、星蘭の顔。その瞳は確かに潤んでいる。

なんだか心がズキリと痛んだ。

「それに、一人じゃ寂しかったから……。見つかるまで、駅で待ってたくて……」

「星蘭……」

きっと星蘭は、長いこと待っていたのだろう。俺が駅に着いた時に気づかなかったのは、真奈美さんに合わせて反対側の東口から出たからだ。本当に悪いことをした。

「ごめん。遅くなって悪かった」

俺は一度頭を下げる。

「そんなに不安だったとは思わなくて……お前の気持ち、もっと考えてやるべきだったな」

普段は明るくても、星蘭は家出中の女の子だ。それにこれまで様子を見ていた限り、彼女は何か心に傷を負っている。そんな子が長時間一人になったら、寂しがるのも当然だ。

きっと今の星蘭にとって、俺の側《そば》は唯一の居場所なんだ。あまり一人にするべきじゃない。

「ううん、大丈夫。だって菱田さん、迎えに来てくれたんだもん」

甘えるように、俺の服の裾を指でつまむ。

「あたしこそ、ゴメンね？　心配かけて……」

「っ……！」

彼女の上目遣いに、思わず鼓動がとび跳ねる。

しかも、ちょこんと裾を摑むこの仕草……奥ゆかしくて可愛《かわい》すぎる。

「気にしなくていい……。でも、頼むからもうこんなことするなよ？」

「うん……。あたし、ほんと馬鹿だよね？　あはは」

平静を装《よそお》って返すと、星蘭は自嘲気味に笑った。

「よく考えたら、菱田さんの家だから絶対帰ってくるのにね。無駄に焦《あせ》っちゃったかも」

「まったくだよ。とにかく、早く家に帰ろう」

こんな夜中に社会人とＪＫが一緒にいたら目立つだろう。警察に見つかったら厄介だ。

「うん……。分かった。一緒に帰ろ」

少し気まずいのか、どことなくいつもよりぎこちない様子の星蘭。

彼女は俺の隣に並んで、一緒に家への歩みを進める。

「………あのさ、星蘭」

そして少し行った先。俺は彼女に口を開いた。

「これからは、もっと早く帰るから」

「え……？」

キョトンと大きな目で俺を見る星蘭。その後、弾んだ声で言う。

「……うんっ！」

ようやく、いつもの笑顔を取り戻したようだ。つられて俺も口角を上げる。

近い内に何か必ず埋め合わせをしよう。

心の中でそう誓い、俺は彼女と並んで家へと向かった。

第三章　ギャルは全力で振り回してくる

「おい、星蘭《せいらん》。買い物行くぞ」

「えっ？」

次の休日。俺は朝食を食べながら、向かいに座る星蘭に言った。

「買い物？　なにかいる物あるの？」

「俺はないけど、お前にあるだろ？　生活用品とか色々な」

「え、え……？」

話の内容が理解できてない様子の星蘭。

「だから、今日は星蘭の物を買いに行くぞ。なにが必要か家を出るまでに考えておいてくれ」

「ちょっ、待って待って。急にどったの？」

星蘭が、トーストを齧《かじ》る俺を制する。

「いつもならあたしが出かけたいって言うと、『見られたらマズイ』って反対するじゃん」

「そうか？　この前、スマホだって買いに行ったじゃないか」

「う～ん……それはそうだけど」

「一緒に住んでる以上、星蘭の私物もあった方がいいだろ。それにお前、服だってかさばるからか二着しか持ってこなかったみたいだし」

「あ～、確かに……」

「食器とかも星蘭用の物が欲しいし、他にも女子は色々と必要な物があるんじゃないか？　だから一回買い物行くぞ」

　恋人とかがいなくても、生活するうえで女子が男子より必需品が多いことは分かる。俺が気づいてない範囲で必要な物もあるだろう。

「う～ん……でもあたし、お金持ってないからさ。無理に買うことないかなって」

「心配するな。お金なら俺が出してやる」

「え？　マジ⁉」

　テーブルに身を乗り出す星蘭。

「いいの？　あたしこの前、スマホ買ってもらったばっかりだけど」

「それとこれとは別だろう。スマホはいつものお礼で、今日は必要物資の買い出しだ。それとも星蘭は今日か明日にでもこの家から出るつもりなのか？」

「あ。それは無理。絶対居座る」

即答なあたり潔《いさぎよ》いな。

「じゃあ、ちゃんと必要な物は買わなきゃな。というわけで、今日は買い物行くぞ」

「やったー！　菱田さん、優しいかよー！　やばっ、テンション上がってきた！」

「星蘭、前から遊びに行きたがってたしな。いい気分転換にもなるんじゃないか？」

「うん！　あ、でも……この辺のショッピングモールとか行くと、知り合いに会わないか心配かも……」

「ああ。それなら問題ない」

俺はポケットから鍵を取り出す。

「車で遠くまで行くからな」

※

「菱田さん、車運転できたんだ！　大人じゃん！」

助手席に乗り、流れていく景色を見ながらはしゃぐ星蘭。

「そりゃ大人だよ。まぁ、普段は運転しないけど」

ドライブがよほど嬉《うれ》しいのか、星蘭はパタパタと足を動かす。まぁ、喜んでくれているなら良かった。

事故を起こさないよう、前に集中し運転をする。

「えっ、すごっ！　海見えるよ、海！　菱田さん、見て見てメッチャ綺麗《きれい》ー！」

「ごめん、無理。運転中だから」

俺が横見たら、この車どっか激突するぞ。運転久しぶりで慣れてないし。

とりあえず、赤信号で止まって一息。ふぅ……やっぱり集中力使うな。

「えへへー。菱田さん、かっこいーね♪　なんかドキドキしちゃうかも！」

「それ、俺の運転が怖くてドキドキしてるだけじゃないか？」

「あはは！　そんなことないって！　マジウケる！」

笑いながら星蘭が俺の肩を叩《たた》く。

「お、おい。運転中に触るなって」

「大丈夫。停車中だけだもん」

宣言通り、青信号になったらピタッと叩くのを止《や》める星蘭。俺も車を発進させる。

そして高速に乗るために、インターチェンジへ到着した。少し渋滞しているようで、前の車に続いて並んでしばしの間待つことに。この車、ＥＴＣないからな。

「はぁ……なんか、喉が渇いたな」

久しぶりの運転。しかも高速に乗る前だからか、緊張で飲み物が欲しくなる。事前に買っとくべきだったな。

「あっ、飲み物あるよー。これあげる！」

「お、いいのか？　ありがとう」

星蘭からお茶のペットボトルを受け取り、飲む。わずかな量でも十分渇きは潤った。

「……ん？」

ふと、そこで気が付いた。このペットボトル、最初から少し減っていた。星蘭が先に飲んだのだろう。

つまりこれって、間接キスでは……？

「ん？　どーしたの、菱田《ひしだ》さん」

「い、いや。なんでも」

平静を装い、ペットボトルを彼女に返す。さすがにこの年で間接キスを気にしているのも情けないしな……。

だが、直後。彼女がペットボトルのお茶を飲んだ。

「……っ！」

ついその様子を凝視してしまう。すると、星蘭がこちらに気づく。

「菱田さん？　なに？」

「あ、いや！　別に……」

「もしかして間接キスなの気にしてる？」

速攻でバレた。俺は言葉を失い、反対に星蘭は笑みを浮かべる。

「菱田さん、大人だけど意外に可愛いとこあるよね～。ウケる」

「う、うるさいな……」

「ごめんって。馬鹿にしたわけじゃなくて。初々《ういうい》しくていいと思うよ？」

そう言いながら、ニコニコと笑う。馬鹿にされていないのは分かるが、なんか無性に恥ずかしい。これじゃ、大人の威厳もなにもあったもんじゃない。

「とにかく、俺は気にしてない」

俺は車を発進させ、料金所で通行料を払う。

そして彼女との会話を打ち切るためにも、アクセルを踏んで高速へ入った。次第に車の速度が上がり、八十キロまで到達する。

「わっ！　すごっ！　めっちゃ速度出てる！」

どうだ。これが大人の力だ。

「あたし高速乗るの初めてなんだけど！　ってか、菱田さん大丈夫⁉　運転久しぶりなんじゃないの？」

「大丈夫だ。任せとけ」

ちゃんと自動車学校でも高速教習あったしな。

それ以外では走ってないから若干不安はあるんだが――

「うわー‼　速っ！　菱田さんスゲー！　かっこいー‼」

――こんな風に褒められるなら、こっちもやる気が出てくるし。

※

「うわっ、すごっ！　こんな広いとこきたの⁉」

目的地に到着すると、星蘭は目を輝かせた。

今回俺たちが訪れたのは、地区最大級の大型ショッピングモールである。ここならばブティックや雑貨屋、化粧品店など、必要そうな物は大体揃《そろ》っているはずだ。

「さて。まずは何から見るかな……」

駐車場に車を停めて、星蘭と一緒にショッピングモールへ突入する。

そして様々な店が立ち並ぶ中を星蘭としばらく歩いていると、彼女が声をかけてきた。

「ねーねー、菱田さん！　あたし、あの店気になるかも！」

星蘭が指さしたのは、女性客が九割を占めるようなオシャレな雑貨屋さんである。

「まずはここで雑貨とか見よーよ！　あたし用の食器とか、家事で使う便利道具とか、多分色々売ってるよ！」

「でも、それ最初に買うと荷物になるだろ」

「車に戻って置いてくればいーじゃん！　早く行こ行こ！　色々買うぞー！」

彼女に腕を引っ張られ、一緒に店の中に入る。

すると星蘭は、すぐに表情を輝かせた。

「わぁ……ここの商品、メッチャ可愛《かわい》い～！」

店内にはざっと見た感じ、置物やちょっとした絵画などのインテリア系商品や、可愛らしくオシャレな印象の衣服が色々置かれている。また、香水や日焼け止め、入浴剤などの女性が喜びそうな商品も陳列されていた。ホットサンドメーカーのような小型の電化製品まで並んでいるのには驚いた。本当に多種多様な製品が売られている。

「あっ！　このリップ、今人気のやつじゃん！」

「おお。リップまで売ってるのか」

「しかもこれ、ネットで話題のやつだよ。昨日動画で見て気になってたんだ～！」

商品を手に取り、まじまじと眺める。

「化粧品店は後で見るとしても、リップだけここで買っちゃおっかな……！」

宝物を見つけたかのように、嬉しそうな顔をする星蘭《せいらん》。楽しんでいるようで安心する。

「しかし、本当に色々あるんだな」

こういう店、男一人だとあんま入ることないからな。なんだかちょっと新鮮だ。店の雰囲気も結構いいし——

「見て見て、菱田さん！　これ良くない⁉」

「お、おぉ……？」

星蘭が青いマグカップを俺に見せてきた。小さなタコのような生物が側面にプリントされており、なんとも言えないしょぼくれた表情を向けている。

「なんだ、この妙な生物は……」

「メンダコのマグカップ！　やばくない？　チョ～可愛いかよ～！」

「め、メンダコ……？　そんな生き物のグッズがあるのか……」

「なんか、心なしか菱田さんにも似てるような気がするし！」

おい待て。俺、これに似てるのか？　要するに俺、このくたびれた謎生物に見えてるの？

「マグカップ買うなら、これがいいかも！」

「そ、そうか……。まぁ、自分がいいならいいけども」

ＪＫギャルの可愛いの基準は、成人男性のそれとはズレているようだ。このマグカップ、可愛いというよりなんか妙ちくりんな感じだし……。

「それじゃあ、菱田さんはこっちね！」

「え？」

星蘭が別のマグカップを俺に渡す。先ほどのメンダコのマグカップだが、こっちは赤色の物だった。

「これは……？」

「せっかくだしお揃いにしよーよ！　あたしのやつと色違い！」

「でも俺、別にマグカップは……」

「いいじゃんいいじゃん！　せっかく一緒に暮らしてるんだし、お揃いの物欲しいじゃん」

どうやら、『俺とお揃い』ということ自体にこだわりを感じているらしい。

「お金はいつか働いて返すから！　ダメ……？」

最初に家に来た時のような、上目遣いで尋ねる星蘭。

その顔、俺は弱いんだよ……。

「……分かった。お金も余裕あるし、買うか」

「やったー！　ありがと、菱田さん！」

そう言い、笑顔で妙なマグカップをこちらに手渡してくる星蘭。

しかし、お揃いの食器か……。星蘭は純粋な気持ちで提案をしてくれたんだろうが、なんだか――

「同棲《どうせい》中のカップルみたいだな……」

年の差があるとはいえ、周りからはそう見えている可能性もある。この状況も、付き合っている男女が二人で新生活の準備をしているみたいで、ちょっと意識をしてしまう。

「お揃いだね～♪　仲良し仲良し～♪」

一方で気にせず、こつんとマグカップを合わせる星蘭。なんだこの無邪気なＪＫは。

「あ！　せっかくだし、他の食器もお揃いにしちゃう？」

「いや……さすがにそれは止めておこう」

それこそお金もかかりそうだし、本当にカップルみたいになってしまう。

それより必要な物を揃えるように、俺は星蘭に言うのだった。

※

結局そのお店では、リップやマグカップ以外にも様々な食器類や雑貨を購入。そこ以外の店舗もいくつか見て回り、必要な生活用品は揃えた。

その後。俺は一度車に戻って、両手いっぱいの荷物を置く。そして、星蘭がいるであろう、ブティックが立ち並ぶフロアに行った。

このショッピングモールの二階にあるのは、ほとんど服や装飾品のお店だ。それも半分以上は女性物。星蘭は「服を見てる」と言ってはいたが、どの店なのかは分からない。

「あ、菱田さん！　こっちこっちー！」

星蘭からの呼び声がかかる。

彼女がいたのは、いかにも若者向けの店だった。服のトレンドは分からないが、キュートかつオシャレな印象の服が、店頭からもたくさん見えている。

「どうだ、星蘭。いい服あったか？」

「う～ん。それなんだけど、ちょっと迷ってて」

女性は服選びに長い時間をかけると聞く。彼女も例外ではないのだろう。

「まぁ、俺のことは気にせずゆっくり選びな。どれだけ時間かかってもいいから」

そう告げて、俺は休もうと店の近くのベンチに向かう。

「あ、待って！　菱田《ひしだ》さん！」

「ん？」

「よかったら、選ぶの手伝ってほしいんだけど……」

「え、俺が？」

予想外の頼み事だった。

「なんでだよ。俺、ファッションなんて分からんぞ」

「だってあたし、今あんま外出できないじゃん？　私服見せるの菱田さんにだけだし、せっかくなら趣味合わせよっかなって」

「いや、そんな気遣いいらないって。普通に自分の好きなのを買えば……」

「だめ！　あたしが合わせたいのー！　ってわけで、いくつかピックアップするから感想ちょーだい」

星蘭が俺の腕を引っ張り、服屋へ入る。

お、おい。待ってくれ。女性用の服屋とかアウェー感しかないんですが……。

男物の服屋と違い、フリルが付いたピンク色の服や、いささか防御力に難がありそうなミニスカートなど、見るからに可愛い系の品で溢《あふ》れている。心なしか甘い香りまでするし、男がここに入ることに対する申し訳なさでいっぱいだ。

「な、なぁ。ここって、男が入っていい店なのか……？」

「え？ 大丈夫だって！ 下着の店でもないんだし。カップルで付き添いの男とか、こーいうお店でも普通に見るし」

「そ、そういうものなのか……？」

よく分からないが、星蘭が言うならそうなんだろうか？

十代のギャルが許すのであれば、大丈夫と考えて良さそうな気はする。そういう場に入る男性に対して、ギャルとか一番厳しそうだし。

「でも、どんなの買おっかな～？ とりあえず家事しやすいような動きやすい私服と……あと寝間着も欲しいよね～」

俺の腕を引っ張り、キョロキョロ店内を物色する星蘭。どの服を買おうか悩んでいる。

するとほどなくして……。

「お客様。何かお探しですか？」

女性の店員さんがやってきた。

「あっ。えっと～。普段着とか色々探してるんですけど～。なんか可愛い系なのありませんかね？」

「可愛い系ですか～。あちらに色々ありますよー」

さすがギャル。物怖《ものお》じせずに店員とコミュニケーションをとっていく。俺なんか、服選んでる時に店員来たら速攻で逃げるコマンド押すけど。

そして連れていかれたコーナーには、ワンピースタイプの可愛らしい寝間着や、ラフなキャミソールなど、色々な種類の服があった。

「わっ、メッチャあるじゃん！　どうしよ、迷う……。菱田さん、どれがいいと思う？」

「いや、待て。俺に振らないでくれよ」

本気でこういうの分かんないから。

「えー？　菱田さんの好みに合わせたいのにー」

「だとしても委ねられても困るから」

せめて、着た服に対して感想を言うだけにさせてくれ。

「もしよろしければ、お客様に似合いそうなものをピックアップしましょうか？」

「あっ、いいですか？　じゃあ、普段着と寝間着で良さそうな物お願いしますー！」

店員が早速、星蘭をまじまじと確認しながら、似合いそうな服を何着か選ぶ。そしてそれを持ち、星蘭をフィッテングルームへ案内した。

「じゃあ、菱田さん！　ちょっと待っててね！　順番に見てもらうから！」

「ああ。分かったよ」

カーテンを閉め、試着を始める星蘭。店員さんが選んだ服は、普段着と寝間着で三着ずつ。結構長くなりそうだ。

「えーと……彼氏さん、ですか？　可愛《かわい》い彼女さんですね」

着替えを待つ間、店員さんが声をかけてくる。少し考えるような間があったのは、俺と彼女の年の差に引っかかってのことだろう。

「あー……まぁ、そっすね。可愛い彼女です」

否定するのも面倒だ。通報されることもあるまいと思い、話を合わせて返答した。

するると、試着室のカーテンが開く。

「菱田さーん！　この格好、どう？　どう？」

「おぉ……！」

最初に星蘭が身に纏《まと》ったのは、白いワンピース。上品でゆったり感のあるワンピースは、肩から胸元にかけてレースフリルがあしらわれている。清純な色合いだが、しっかりと可愛さもアピールできる服だった。

「どうこれ？　めっちゃ可愛くない⁉」

「あ、あぁ。俺はいいと思うぞ」

星蘭《せいらん》にしては清楚《せいそ》すぎる印象もあるが、むしろ服が清純な白だからこそ、彼女の金髪やピアスなどのアクセサリーが際立《きわだ》つ気がする。意外と相性は良さそうだ。

「ちゃんと似合ってるよ。綺麗《きれい》だと思う」

「マ？　マ？　やったー！　じゃあ、次ねっ！」

シャッとカーテンを引き、再び試着に入る星蘭。

「彼女さん……本当に可愛らしいですね。読者モデルとか余裕でいけそう」

店員さんが呟《つぶや》いた。まぁ、そうなんだよな。あの子、顔といい仕草といいかなり可愛らしいからな。と、本当の恋人でもないくせに、なぜか誇らしげな気持ちになる。

「じゃーん！　菱田さん！　今度はどう？」

次に星蘭が着たのは、大きく胸元の開いたへそ出し丈のブラウスと、ダメージ加工のあるスキニーデニムだ。

これもやっぱりすごく可愛い。というか、この格好はセクシーだ。

柔らかそうな胸の谷間が強調されて思わず視線が吸い寄せられるし、へそ出し丈のため、細く綺麗なお腹《なか》まわりも露《あらわ》になってしまっている。ダメージ加工のあるボトムスからは彼女の素足がチラ見えしていて、セクシーさをさらに際立たせていた。

いつも以上に魅力的な姿。非常にドキッとさせられる。

「これは……さすがに攻めすぎじゃないか？」

「えー？　それが可愛いんじゃん。これくらいの露出、あたしの友達皆してるし」

「え、マジか……⁉」

「あはは。菱田さん、顔真っ赤～。ピュアかよ～」

「う、うるさいな！　早く他のも試せって！」

「は～い」

また試着室に引っ込む星蘭。

その後も彼女は、太ももまであるロングTシャツや、胸元に大きなリボンのついたワンピースタイプの寝間着など、色々な服を試していく。

そして、星蘭が最後に着てみせたのは……。

「えへへ、どうどう？　可愛いにゃ？」

「……っ！」

猫耳フード付きの、ふわふわモコモコした寝間着だ。彼女は両手を曲げた猫のポーズをとりながら尋ねる。

正直言って、メチャクチャ可愛い。女の子……特に身長小さめの女子がこの寝間着を着た破壊力は、そのポーズも相まって計り知れないものがある。

「ってか、これ恥ずっ！　露出よりこっちの方が恥ずいし！」

だが星蘭自身は照れ笑いを浮かべて、すぐそのポーズを止《や》めてしまう。

「あたし、これ似合うほど可愛くないし！　こういうのって、もっとキュート系の子が着るべきっていうか——」

「い、いいんじゃないか」

「え？」

俺の口は正直に動く。

「星蘭だって、そういうの似合うぞ……。可愛いしな」

せっかく星蘭が、俺の好みに合わせたいと言っているのだ。であれば今は、正直な感想を語るべきだろう。

「え、マジ？　菱田さん的には、あたしがこういうの着るの、アリ……？」

「まぁ、悪くはない……というか、良い」

「……！」

星蘭が目を丸くする。そして彼女は、店員さんの方を見た。

「えっと……店員さん。このナイトウェアください……。それと、最初のワンピースも」

「は〜い！　ありがとうございますー！」

少し恥ずかしそうに購入を決める。

「えへへ……実は、結構気に入ってたんだよね。これ」

鏡を見ながら、にへらと頬を緩ませる星蘭。

「ねぇ、菱田さん。この服着たあたし、ほんとに可愛い？」

「あ、ああ……。可愛いぞ」

照れくさいが、改めて答える。すると星蘭は……。

「ありがと……。じゃあ、夜はこれ着るね？」

そう言って、可愛らしくはにかんだ。そして着替えるためにカーテンを閉める。

「お客様。今晩はお楽しみですね〜？」

なにやらニマニマする店員。何か誤解を与えたようだが、訂正をする気力はなかった。

※

「ふぅ……とりあえず、買い物はこんなところかな」

何軒か服屋などを回って買い物をした後。

再びいっぱいになった手荷物を持って、俺たちはベンチで休んでいた。

「うん！　日用品も服も化粧品も買えたし！　マジありがとね、菱田《ひしだ》さん！」

にぱー、と満足そうな星蘭。喜んでもらえたみたいで良かった。

「ってかさ。菱田さんは買い物しないの？　あたしみたいに服とかさ」

「え？」

自分の買い物か。全然考えてなかったな。

「まぁ、俺はいいよ。私服も特に困ってないし」

もともとファッションにも興味ないしな。何か欲しいとは思わない。

しかし、星蘭は苦い顔をする。

「いや……せっかくだし買った方がいーよ。菱田さんの私服、ダサいから」

「えっ？」

衝撃的な言葉が、星蘭の口から放たれた。

「ダサいって……おいおい、嘘《うそ》だろう？」

「いや、ごめん。マジで。超ダサい」

言われて、自分の服を見る。胸に『ＫＡＮＩＫＡＭＡ』と英字がプリントされた白いＴシャツだ。その下には、カニカマをデフォルメした可愛いキャラが描かれている。

こんなにキュートでシックな服を着ている俺がダサいなんてそんな……。え？　これ本当にダサいのか？

「菱田さん、マジでそのセンス壊滅的だから。もう今すぐ着替えた方がいい」

「それ、マジで……？」

「うん。マジで」

冗談ではなく、真顔で言われた。

そっか……この服、ダサいのか……。普通にショックなんだけど……。

「あ、そうだ！　さっきのお礼に今度はあたしが菱田さんの服を選んであげるよ！」

「え？」

「ってか、せっかくだし菱田さん改造しちゃお！　ちょっと付き合ってもらうから！」

「は？　ちょっ――」

有無を言わさず、急に俺を引っ張る星蘭。

そして連れて行かれたのは、男性向けの洋服店が立ち並んでいるエリアだった。その中の一番大きな店舗に入る。

「とりあえず、菱田さんに合いそうな服を十着くらいここで選ぶよ！」

「おい、待て！　そんなに買えないぞ！」

「大丈夫！　全部買うわけじゃないし。まず候補をたくさん挙げるってだけね」

星蘭が早速辺りを見渡して、どれがいいかと吟味を始める。

「うーん。菱田さんの場合、やっぱシンプルな方が似合いそうだよね〜。大人だから落ち着いた印象の方がよさそうだし……でも、ちょっと個性的にしたいかも」

「お、おい……星蘭？」

「あ！　このワイシャツ、シンプルでいいかも。だとしたら、下はあえてこのハーフパンツかな！　これだとちょっと個性的じゃん？」

星蘭が店内の服を手に取りながら、忙《せわ》しなく俺の体に当ててくる。

ダメだ、この子。完全に服を買わせる気だ。諦めて付き合うしかなさそうだな……。

「おっと。こっちのポロシャツもいいかも。菱田さんはどう思う？」

「いや、俺はよく分からないんだけど……」

「でも、これだと個性的すぎるかな。それなら、タイトなボトムスでスッキリした印象にしよう！　菱田さんはどう思う？」

待ってくれ。ついていけてない。菱田さんはどうも思わねぇよ。

「あと、候補としてはこれもいいかも！　ってか、あっちのコーナーも良さそうじゃん！菱田さん、早くこっち来て！」

「え、ちょっ⁉」

ぐいぐいと腕を引っ張られる。

俺は星蘭に店中を引っ張り回されながら、彼女が候補に選んだ服を次々と大量に持たされた。その数は合計十着を超え、重みで腕が痛くなるほどだ。

そして俺の両手が服でいっぱいになった頃。

「よし！　それじゃあ次は試着だね！」

「なっ⁉　これ全部試着するのか⁉」

「あったりまえじゃん！　はい、こっちこっちー！」

今度は試着室へと押し込まれ、それらの服を全てフィッテングすることに。

「じゃあ、まずは最初のワイシャツとハーフパンツからね！」

「あ、あぁ……」

星蘭の勢いに逆らえず、指示通り服を着ていく俺。

しかし、この時にはもうクタクタだ。

「なぁ星蘭……。もう試着は省いて、この中から適当に買えば……」

「ダーメ！　試着なしで買うとかありえないっしょ！　ちゃんと全部試してね！」

「うへぇ……」

星蘭《せいらん》のようなギャルは、いつもこんなに時間をかけて服を選んでいるというのか？　こんなの軽めの拷問じゃないか。

なんでギャルって、服とか見た目にここまで命をかけられるんだよ……。俺としては、ただただ疲れるだけなんだが。

「やっぱこのポロシャツいいじゃーん！　じゃあこのボトムスと合わせてみよっか！」

「はい……」

星蘭に言われるがままに、着せ替え人形に徹する俺。

しかし、そんな時間もいずれは終わる。

「よし！　じゃあ決定！　このTシャツとポロシャツと――……あとボトムスはこれとこれにしよ！」

試着を経て、ついに星蘭が買うべき服を決定した。

よかった……やっと試着地獄から抜け出せる。まさかギャルに服を選んでもらうと、こんなに苦労することになるとは……。できれば、これっきりにしたいところだ。

「よし！　服も買えたことだし、次は美容院かなぁ」

「は⁉　美容院って……まさか、今から……？」

「あったりまえっしょ！　服が良くても、髪が駄目だとマジ残念に見えるから！　普段のスタイリングだけじゃ限界あるし！」

いや、待ってくれ。美容院とかいきなり行く場所か？　行動力のお化けかお前は。

「安心して！　髪型のイメージは考えてあるから！　それに合わせて服も買ったし」

「いや、違う！　そういうことじゃ——うわっ！」

「はーい！　つべこべ言わずに次行くよー！」

会計を終え、買ったポロシャツを着た状態で、星蘭に勢いよく手を引かれる。そして俺は同じフロアにあった、いかにもオシャレな雰囲気の美容院へと連れて行かれる。

「いらっしゃいませー！」

「すみません！　この人の髪、やっちゃってください！」

おい、待て。どんなオーダーだ。

「えーっと、イメージはあでこうでー」

「なるほどなるほど。そうなると、シンプルかつ爽やかなイメージですかねー。このカタログだと、例えばこんな——」

「あっ！　そうそう！　こんな感じがいいですー！」

俺の髪型について、早速相談する星蘭と店員。そして俺は、イマイチ訳が分からないまま席へと案内されてしまった。

「おいおい、星蘭！　マジで髪まで切らなきゃダメか⁉」

「任せて！　バッチリ似合うと思うから！」

そんな心配はしてないけども。

「お客様～。それじゃあカット始めますね～」

やはり、逆らうことはできないようだ。素早くスタッフがやってきて、髪をカットされることになる。

服を選ばされ、髪を切られて……今日の俺、ギャルに振り回されてるな。疲れる……。

しかも俺が髪を切られてる間、星蘭は美容院を出て近くの雑貨屋に向かったし。なにこれ。心細いんだけど。こんなシャレオツな美容院に取り残されて。

「お客さん、お仕事は何してるんですか～？」

「あ～、えっと……飲食系です」

女性美容師の問いかけに適当な答えを返しつつ、施術が終わるまで耐える俺。

どうせ髪なんて切ったところで、そんなには印象変わらないのにな。そう思いながら、ボーッと鏡に映る自分を見る。

だが、カットが始まり約四十分後。

施術を終えて店を出た俺は、星蘭の反応に驚かされた。

「菱田さん……これマジで……⁉」

「な、なんだよ……？　やっぱりこの髪、変だったか……？」

「いや、変っていうか……。ここまでカッコよくなるとか……やば……！」

目を見開き、俺の姿を凝視する星蘭。

その顔は、何だか赤くなっているような気がする。

「は……？　カッコいい……？　この俺が？」

「うん！　これマジでカッコいいって！　ここまで変わるとは思わなかったし！」

「い、いや……さすがに大げさだろう」

「んなことないって！　ってか、うわ……やば。ごめん、ちょっとマジで惚《ほ》れるかも」

そう言って、俺から顔を逸《そ》らす星蘭。これ、マジの反応なのか？

確かに鏡を見た時に、「え？　これが俺？」とは思ったが……。まさかこんなに褒められるとは。

「菱田さん、チョーイケメンじゃん……。これ、普通にモテるって！」

「そ、そうか……？」

イケメンって……女子にそう言われたのは初めてだ……。

見た目を女子から褒められるなんて、今までの人生で皆無だった。だから正直、悪い気はしない。というか飛び跳ねたいくらい嬉《うれ》しい。

「ねぇ、菱田《ひしだ》さん。せっかくだし、一枚撮ってもいい？」

「え？　俺を？」

「うん。その……マジでカッコいいから。ちょっと、残しておきたいな～って……」

頰をほんのり赤く染めて、遠慮がちに頼む星蘭。

そんなにしおらしく言われたら、俺も無下にすることはできない。「しょうがないな……」と頷《うなず》いて、星蘭にスマホで写真を撮られた。

「えへへ……。大人の男性、チョーいいかも」

まるで推しの写真を愛《め》でるかのように、ニヤニヤと画面上の俺を見る星蘭。

なんだか異性として俺を意識してくれているようで、照れくさいと同時に嬉しかった。

もしかして、ワンチャンJKを落とせるのかも……！　そんな期待感も抱いてしまい、ドキドキが抑えきれなくなる。

いや、それは絶対ダメなんだけども……！　でも、満更でもない気持ちではある。

試着しまくったり、いきなり髪を切られたりしてかなり疲れはたまったが、こんな思いができるなら、外見を磨くのも悪くないかもな。

「ってか、あたしのプロデュース能力えぐくね？　菱田さんの魅力出し切ったわ～」

「ああ……ありがとうな、星蘭。たまには気取った格好もいいな」

「でしょ？　分かってもらえてよかった～」

ニッ、と白い歯を見せて笑う星蘭。こんな可愛《かわい》い子にイケメンなんて褒められるなら、服選びやらに耐えた甲斐《かい》もあった。

「よし！　あと残りは、靴とかアクセサリーとかだよね。菱田さんの改造も大詰めだ！」

「えっ⁉　まだどっか店に行くのか⁉」

「当然！　オシャレは足元からだよ。というわけで、今すぐ行くよー！」

星蘭が俺と腕を組み、今度は靴屋へ引っ張っていく。

結局俺は星蘭の押しに抗《あらが》えず、その後もお店を連れ回されることになった。

※

そして、ようやく買い物が全部終わった後。

俺たちはカフェで休憩がてら、遅めの昼食をとることにした。

「はぁ……もう買い物はしばらく来たくないな……」

「あたしも、さすがに疲れたな～。ってか、めっちゃお腹《なか》減ったんだけど。なんかガッツり食べないと！」

時計の針は十五時近い。あれこれ店を回る間に、かなり時間が経《た》っていたようだ。

俺と星蘭は二人でカフェのメニューを眺める。

「何か食事系もあるといいんだが……。あ。この店パスタとかあるな。あとはハンバーグセットとか……」

「いいね〜！　ナポリタンにハンバーグ！　って、見て見て菱田さん。面白いのあるよ」

星蘭が指さしたメニューを見る。そこには『期間限定！　カップル割引特別メニュー！』の文字があった。

「カップル割……へぇ。興味深いことやってるな」

「メニューも良さそうだよ！　オムライスとデザートのアイスに、カップルジュースもついてくるみたい」

メニューを見ると、大きめのグラスに二本のストローが挿さったジュースが写っている。

要するに、二人で一つのジュースを一緒に飲めということか。

おいおい、何だこの恥ずかしいメニューは。いかにも若い恋人たちが好みそうな内容だ。

「ねぇねぇ菱田さん。どうせなら〜……カップル割引使っちゃう？」

「なっ……!?」

まるで誘惑するような怪しい笑みを浮かべる星蘭。

「ばっ、馬鹿。俺たちはそういう関係じゃ……」

「いいじゃん。今だけ恋人ってことでさ。菱田さんも、カップル気分味わいたくない？」

「カップル気分て……そういうのは普通、学生同士でやるもんだろ」

「ん～？　あたしは別にいいんだけどな～？　菱田さんが彼氏でも」

「えっ⁉」

「特に今の菱田さん、マジカッコよくなってるからね。何なら本気で付き合っちゃう？」

なんだその、ドキッとする発言は。星蘭、俺に気があるのか？　いや、まさか……。でも、また期待感が湧いてくる。

「それに菱田さん、メッチャ優しーし。彼氏としては素敵だよ」

「……っ！」

星蘭が俺の手に触れる。瞬間、心臓が大きく跳ねた。

そしてその直後、彼女が笑い声をあげる。

「あははっ！　菱田さん、緊張しすぎでウケる～！　顔真っ赤だし、チョー初心《うぶ》だね？」

「うぐっ……⁉」

ようやく気づいた。からかわれていたということに。

「う、うるさいな……。大人で遊ぶな」

「ごめんごめん。でもさ、マジでカップル割頼もーよ。安く済ませたほうが良いしさ」

確かにこのメニュー、カップル割を謳《うた》うだけあって、その内容やボリュームにしては安価なものになっている。でもなぁ……。

「それにこういうのって、カップルじゃなくてもいーんじゃない？」

星蘭《せいらん》がこっそり指さしたのは、女性二人が座る席。そのテーブルには、カップルメニューのジュースやオムライスが置かれていた。仲がよさそうな二人ではあるが、お互いに彼氏ののろけ話をしているようだし、同性カップルってわけでもなさそう。

お子様ランチを大人でも注文できるのと同様に、恋人じゃなくてもいいようだ。

なんか、どんどん逃げ道が塞がれてるぞ。

「あと菱田さん、さっき言ってくれたじゃん。あたしのこと、可愛い彼女って♪」

「なに……!?」

星蘭のやつ、服屋での会話聞いてたのか。

「ね？　だから、この瞬間はカップルってことで！　あたし、オムライス食べたいし！」

呼び鈴を鳴らして、店員さんを呼ぶ星蘭。結局彼女に押し切られて、カップルメニューを頼むことになった。

はぁ……まぁ、しょうがないか。正直俺も、悪い気はしないし。

「お待たせしましたー！　こちら、カップル割引特別メニューです」

空《す》いているせいか、すぐに食事が運ばれてきた。オムライスが二皿に、二本のストローが挿さっている大きめのオレンジジュースが一杯。

本当に、これを二人で飲むのか……。

「あ。このオムライス、ケチャップ自分でかけるんだ。せっかくだし、『愛してる』とか書いたげよっか？」

「いらないって。適当にかければいいよ」

「いーじゃん！　今日のお礼にサービスしたげる！」

ワクワクした顔でケチャップを手にする星蘭。単純にやってみたいらしく、俺のオムライスに赤いケチャップを走らせていく。

「えーっと……それじゃあ、『ア・イ・シ・テ・ル』っと！」

「おい、待て待て待て！　書けてない！　グチャグチャ！」

「あはははっ！　ヤバッ、これ難し〜！」

失敗して、お腹を抱えて笑う星蘭。

なんだかいつもよりはしゃぐなぁ。正直、そんな姿も魅力的だが。

「あ、菱田さん。ジュース一緒に飲も？　あたし喉渇いちゃったから」

「い、いや……さすがにそれは……。星蘭一人で飲んでくれ」

さすがにJKとカップルジュースとか、色々許されない気がする。

「えー？　どうせなら一緒に飲もうよ？」

「ダメだって。そういうのは不健全だ」

「うわ、菱田さん真面目かよ～。でもこれ、一人で飲む方が逆に目立つよ？」

「そうか……？」

「だってあたし、菱田さんに振られたみたいじゃん。はたから見たら、メッチャ寂しい女っぽくない？」

「いや、そんなことはないと思うが……」

「とにかく一緒に飲もうよー。せっかくカップルメニューにしたんだし。ね？」

俺の手を引き、可愛くおねだりしてくる星蘭。そんな風に頼まれたら、こちらもあまり強情にはなれない。

どうしたって、年下の女子には甘くなってしまうものだ。

「分かった……それじゃあ、すぐ終わらせるぞ」

「はーい！　んっ……」

先にストローを咥《くわ》える星蘭。俺もグラスに顔を寄せ、反対側のストローを咥える。

「……！」

か……顔が、メチャクチャ近い……！　お互いにストローを咥えたことで、星蘭の顔との距離がかなり縮まってしまっている。まるで、キスをする直前のような距離感だ。

アイメイクの施されたまつ毛や、リップが塗られて赤く瑞々《みずみず》しく光る唇など、星蘭の綺《き》麗《れい》な顔を目の前で眺める。それを意識した途端、頬が熱くなるのを感じた。

そして、星蘭も俺と目を合わせる。

「………（ニコッ）」

嫌がるどころか、なぜか笑顔になる星蘭。幸せそうなその顔に胸がバクバクとうるさく跳ねる。この子、どんだけ愛くるしいんだよ。

そして俺たちは一緒にジュースを飲み始めた。

気のせいか、周りの生暖かい視線を浴びながら。

※

「あ～美味《おい》しかった！　菱田さん、ご馳走様《ちそうさま》でしたっ！」

「あ、ああ……」


お店を出て、礼儀正しくお礼を言ってくれる星蘭。一方俺はうまく言葉を返せなかった。

なんだか、未《いま》だに胸がドキドキしている……。

しかし、さすがはカップルメニューというだけあるな。自然とあんな恋人のように顔を近づけることになるとは……。

「ねぇ、菱田《ひしだ》さん。菱田さんってば」

「えっ」

俺が余韻に浸っている間に、星蘭が話しかけてきていたようだ。

「わ、悪い。どうしたんだ」

「だから、そろそろ帰ろうよって。もう買い物も終わったし、色々家事もしたいしね。菱田さんのお部屋、ちゃんと掃除機かけときたいし」

「あ、ああ。そうか。そうだよな」

星蘭はショッピングの時まで、俺のお世話のことを考えている。どこまで面倒見の良いギャルなんだか。

そんな彼女に、俺は言う。この時間をもう少し続けるために。

「あのさ……せっかくだし、ちょっとだけ遊んでいかないか？」

「え？」

俺からそんな言葉が出るとは思っていなかったのだろう。驚いて顔を向ける星蘭。

「いや、その……俺、ここんとこ仕事でストレス溜《た》まっててさ。一緒に遊びに行く相手もいないし、付き合ってくれると嬉《うれ》しいんだが……」

「あれ？　菱田さんって、友達いないん？」

「うるさいな。そこに食いつくな」

社会人になると、友人関係は希薄になるんだ。決して俺が人望ないってわけじゃない。

うん。そうだ。そうだよね……？

「そうかぁ……友達いないのかぁ……。それはつらたんだったねぇ。よしよし」

「あーもう、放《ほ》っとけ！　とにかく、今日はもう少し遊びたいんだよ。ちょうどこの建物、上の階はアミューズメント施設が併設されてるし」

「え？　マジで？」

「だからよかったら、星蘭も付き合ってくれないか？」

遠慮がちに尋ねてみる。すると、星蘭の顔にひと際大きな笑みが咲いた。

「うん！　分かった！　それなら付き合う！」

※

それから俺たちは、思いっきりアミューズメント施設を満喫した。

併設されているボウリングやカラオケ、ビリヤードにゲームセンターなどの施設を片っ端から回っていき、夕方過ぎまで二人ではしゃぎ回った。

——と言っても、俺は星蘭についていくのがやっとだったが。

「いやー、思いっきり遊んだねー！　マジでメッチャ面白かった！」

「あ、あぁ……まぁ、楽しかったな……」

日が傾いた頃にはもう、俺は体力の限界だった。こんなに遊び回ったのは、一体どれくらいぶりだろう。なぜか仕事終わりよりも疲れている。

「ってか、菱田さんボウリング弱すぎー。途中から、ほとんどガターばっかだったじゃん」

「違う……五ゲームもやれば疲れるだけだ……」

俺はベンチに背中を預け、ぐだぁとだらけながら言う。

普段やらないボウリングなんて三ゲームもやれば疲れるものだ。段々腕も痛くなってくるし、ガターが増えるのも仕方ないだろう。

「そう？　あたし、まだまだヨユーで投げれるけど」

「くっ……これが若さの力なのか……」

「あっ！　見て見て菱田さん！　あっちにもなんかあるみたい！」

本当に元気が有り余っているようで、タタッと駆けていく星蘭。仕方なく、俺も彼女の後を追う。

すると、そこにはプリクラの筐体《きょうたい》があった。

「わー！　これ、最新のメッチャ盛れるやつじゃん！　ちょっと気になってたんだよね」

「プリクラって、どれも同じじゃないのか？」

「色々違うよー。せっかくだし、記念に撮ってこーよ！」

星蘭に手を掴《つか》まれて、カーテンで仕切られた筐体に入る。さっきといい、ギャルは写真が好きなようだ。

筐体の中には大きなタッチパネル式の画面や、俺たちを写すカメラがあり、雰囲気的にはちょっとした秘密基地だった。

「うわ、初めて入ったな……。というか、俺も撮るのか？　写真は苦手なんだけど」

「大丈夫大丈夫！　後で盛れるし！　ってかここ、衣装レンタルあるって。あたしメイド服着るから、菱田さんはセーラー服ね！　絶対黒歴史になるから」

「若者特有の無茶ぶりは止《や》めろ」

星蘭《せいらん》が小銭を投入する。すると音声アナウンスが流れ、写真のフレームを決めるよう言われた。

「菱田さん、菱田さん！　フレームどれがいい？　あたし的にはこれなんだけど」

「いや、すまん。よく分からんが……」

「あはは！　謎な感じ？　じゃあ、適当に選んじゃうねー♪」

よく分かってない俺を笑いつつ、星蘭が色々画面を弄《いじ》る。

そして、いよいよ撮影開始になった。音声アナウンスが『皆でくっついて、ハッピースマイルー！』と、テンションの高い声で言う。

「あ、待って。前髪直すから。あれ？　ヤバ。うまく決まんない」

撮影前に、丁寧に前髪を直す星蘭。その傍《かたわ》らで、俺はキョドる。

「えっと……俺はどうすればいいんだ？」

「もう撮られるから、ポーズ決めて笑ってー！」

「え？　ポーズって、どんなのを……」

「うーん……それじゃ、こうしよっか！」

前髪を整えた星蘭が俺と手を繋《つな》いでピースする。

いきなり触れてきた、暖かくて柔らかい手の感触。驚きで胸が大きく高鳴った。

そして驚いている内に、パシャッとシャッターを切られてしまう。

「じゃあ次は、一緒に指でハート作ろ！」

「はぁっ⁉　なんだそれ、恥ずかしいだろ⁉」

「いーじゃん、いーじゃん！　プリってそういうもんだから！」

星蘭が手でハートマークの片側を作り、じっと俺の方を見る。これはどうやら空気を読むしかないようだ。

もたもたしていると、またポーズを決める前に撮られてしまう。俺は恥を捨てて星蘭と一緒にハートを作った。

「あははっ。めっちゃいい感じじゃん！　次はー、軽くハグしてみる？」

「ま、マジか……⁉」

なんかこれ、思った以上に恥ずかしいぞ。二人きりの狭い空間で、こんなカップルみたいな写真を何枚も撮るなんて……。

なんだか、本当に恋人とデートをしているような感じだ。今まで経験したことのないド

「えっ……⁉」

キドキ感に襲われる。たとえ相手が高校生の女の子でも。

それ以降も俺たちは、額を合わせたり、壁ドンのような姿勢をとったりと、二人で写真を撮っていった。

※

「えへへ……楽しかったね～！　この写真、後でスマホの裏に貼っちゃお！」

加工し、プリントアウトした写真を見ながら、星蘭が満足そうに言う。

高校時代、女子とプリクラを撮ってる同級生を羨ましいとは思っていたが、まさかこんなに恥ずかしいものだとは……。

「はい、これ！　菱田さんの分だから」

「あ、あぁ。ありがとう……」

俺の分のプリクラを受け取る。楽しそうに笑う星蘭と、引きつった笑みを浮かべる俺が、対照的に写っていた。

「菱田さん、ありがとね！　プリまで付き合ってもらっちゃって！」

「まぁ、遊びに誘ったのは俺だしな」

「でも、あたしも楽しかったよ。こんな遊んだの久しぶり！」

弾んだ声で言う星蘭。久しぶりに羽目を外せたようで何よりだ。

「しかもこのモールにある店、全部あたし好みのお店だったし！　菱田さん、なんでここ連れて来てくれたの？」

「たまただよ。この施設、単純にたくさん店があるからな」

そう話しつつ俺たちは、駐車場へと向かっていった。もうそろそろここを出ないと、帰宅が遅くなってしまう。

「えへへー♪　菱田さん、菱田さん～」

「なんだ」

「べつに～♪　呼んでみただけ～♪」

歩きながら満面の笑みで言い放つ星蘭。まぁ、上機嫌なようで何よりだ。今日のお出かけを喜んでくれたなら、誘った甲斐《かい》があったというものだ。

駐車場に着き、もらったプリクラをポケットにしまう。その代わりに、車の鍵を取り出した。後は家まで運転するだけ。

しかし——

「あれ？　菱田さん、何か落ちたよ」

車の鍵を取り出した時に、何かがポケットから落ちた。それを星蘭が拾ってくれる。

「え?」

見るとそれは、四つ折りになったメモ用紙だった。

「これ、なんだろ?」

「あっ、待ってくれ!」

俺が止めるよりも早く、何気ない感じでメモを開く星蘭。そして、彼女は固まった。

「……菱田《ひしだ》さん。これって……」

「………………」

俺が落としたメモ用紙。それは今日の予定を考える際に使ったメモ用紙であった。

そこに書かれている内容は、事前にネットや藍良《あいら》ちゃんから集めた『女子高生が好きなもの』の情報。星蘭が興味ありそうなものや、好きそうなものを色々探り、このショッピングの計画を立てたのだ。

今日このモールを選んだのも、情報に沿うような若者向けのお店がたくさんあることと、十代が好みそうなレジャー施設が一緒になっているからだった。

「しまった、まさか見られるとは……」

このメモを見れば誰だって、俺が星蘭のことを気遣って、今日ここに連れて来たと分かる。星蘭に気を使わせないために、そういう素振りは見せなかったのに……。

「えっと……星蘭。これは違うから。別にお前のためではないから」

気が付くと、なんかツンデレみたいなことを言っていた。しかし、星蘭は反応しない。

どうしよう。どうやって誤魔化そう——なんて、俺が考えていると。

急に星蘭の瞳が潤みだした。

「うっ……ううっ……ひぐっ……」

「お、おい⁉ 星蘭、急にどうした⁉」

なんで突然泣き始めたんだ⁉ 訳が分からん。困惑しかない。

すると星蘭は続けて言う。

「あぁもう、菱田さん……なんでそんなに優しいの〜⁉」

「あっ、いや……別に優しいわけじゃ……」

「優しいよぉ〜！ マジ感動した〜！」

立体駐車場の中で、声を響かせながら泣く星蘭。

このままでは、俺が女子高生に乱暴を働いた光景に見える。

とりあえず俺は慌てて彼女を車に乗せて、すぐに家へと走り出した。

※

「あたしね……両親が嫌で、家出してきたの」

帰りの車中。あの後泣き止《や》んだ星蘭が、赤信号で停車中に唐突に話し始めた。

その内容は、ずっと気になっていた彼女の過去。星蘭を傷つける可能性があるから今まで何も聞かなかったが、自分からそれを話し出した。

俺はチラッと星蘭を見る。しかし彼女は聞いて欲しそうに微笑《ほほえ》んだ。

それを見て、俺はとりあえず黙る。

「あたしの両親、メッチャ厳しい人なんだよね。教育的っていうのかな。二人とも学校の教師やってて、しかも『とにかく勉強が大事!』ってタイプ」

確かに、親が教師だと厳しく育てられるイメージはある。当然、その人の性格や考え方にもよるとは思うが。

「小《ち》っちゃい頃はすごい勉強させられたし、習い事とか家の手伝いも色々やらされた。でもあたし、全然頭も良くないし才能もなくてさ。なにをやってもイマイチで、全然成果出なかったんだよね。せいぜい、家事が上達しただけって感じ」

「………」

「しかもあたしさ、お兄ちゃんと妹がいるんだけど……そっちは二人とも出来が良くてさ～。いっつも比べられてたんだよね。『兄も妹も優秀なのに、なんでお前はできないんだ！』って」

信号が青になり、ゆっくり車を発進させる。話の続きを聞きながら。

「まぁ、そうやって怒鳴られてたのも昔の話で、最近は完全に諦められてたんだけど」

「諦められてた？」

「うん。あたしが高校受験に失敗して、滑り止めの私立に通うことになった時にさ。また怒られると思ったら、『お前に期待した俺が悪かった』『星蘭はもう、何もしなくていいわよ』って言われた。これって、あたしを諦めたってことじゃん？」

なんだよそれ……。聞いていて、胸がムカムカする。

そんなセリフ、実の子供にかけていいセリフじゃないはずだ。俺は親じゃないけど、それくらいのことは普通に分かる。ましてや教師が、そんなことを子供に言うなんて……！

「それであたしも悔しくて、一応高校でも勉強はした。でも、やっぱりダメでさ～。それでも親の関心を引きたくて、こんな風に見た目派手にしたけど……もう怒られもしなかったよね。一瞥《いちべつ》して、何も言わずに終わりだった」

星蘭《せいらん》がギャルっぽい見た目になったのは、そういう経緯があったらしい。しかし見た目を大きく変えても、両親は興味を示さなかったと。

「でも、最近急に変化あってさ」

「変化？」

「この春ね。お兄ちゃんが東帝大に、妹が聖城女子中に受かったんだよね」

「東帝大……⁉」

東帝大学といえば、言わずと知れた日本最高の大学だ。そこに合格するということは、本当に頭がいいのだろう。聖城女子学園中学校も、この辺では有名な女子校だ。偏差値もかなり高いと聞いている。

「それでなんか、二人とも火がついちゃったみたい。『二人にできるなら、お前にだってできるはずだ！』『もっとしっかり勉強しなさい！』って、また鬼みたいに厳しくなったの。今まで諦めてたくせに」

ため息交じりに言う星蘭。

「学校から帰っても、夜遅くまでお父さんが理系を、お母さんが文系を教えてきてさ。有名大学に合格させようと、すごい必死になったんだよね。でもあたし、勉強苦手じゃん？だから全然成績上がらなくて……。土日も関係なく勉強させられて、最近はできなかったら叩《たた》かれるようにもなっててさ……」

星蘭の声が、段々尻すぼみになっていく。

最初の頃、星蘭は実家を『地獄みたいなもの』と言ってたが、事情を聞いたら納得だ。

そんな家庭じゃ一時も心休まらないだろう。

「それで……家出したってわけか」

「うん……。そんな生活、耐えられなくて……。最低限の荷物だけ持って出てきたの」

そりゃあ、耐えられなくて当然だ。出来の良い兄妹《きょうだい》と比べられ、毎日毎日暴力を振るわれながら、苦手な勉強をさせられる。これでは学力なんて上がるはずないし、永久に心をすり減らされるだけだろう。

「こんなこと話しても困らせるだけかなって思ったし、思い出したいことでもないから今まで言わなかったんだけど……。でも、菱田さんには知っておいてほしいなって……」

車がまた信号で止まる。それと同時に、星蘭が消え入りそうな声で言った。

そんな彼女に、俺も答える。

「今までお疲れ。頑張ったんだな」

頭に手をやり、ポンポンと軽くたたくように撫《な》でる。

今まで認めてもらえなかった分、俺が星蘭を認めたい。自然とそれだけ思っていた。

「ありがとう……菱田さん……」

「礼なんていい。こっちこそ、話してくれてありがとな」

嫌な記憶を話すのは、勇気がいることだと俺は思う。その点星蘭は、本当にしっかりした女の子だ。

「菱田さん……。あたし今日、すっごく嬉《うれ》しかった。あたしのために、デートの予定を考えてくれて。菱田さんはあたしのこと、気にかけてくれてるんだなって分かった。こんなに優しくしてもらうの、あたし初めてかもしれない」

「そんな……さすがに大げさだ」

「ううん。大げさなんかじゃないよ。あたし、菱田さんがいてくれてよかった」

冗談とは思えない、真剣な声。彼女はそれだけ辛《つら》い思いをしてきたんだろう。

「じゃあ……また、二人で遊びにいくか」

「え？」

「これくらいで喜んでくれるなら、俺としても嬉しいし。またストレス発散に付き合ってくれよ」

「菱田さん……！　ありがとう！」

ようやく、笑顔に戻ってくれた星蘭。

俺はこの時、心に誓った。これからは一層、彼女を気にかけていくことを。

※

星蘭と一緒にお出かけし、彼女の過去を知ってから。

俺はこれまで以上に、星蘭を一人にしないようにしていた。

もちろん彼女のためというのもある。しかしそれ以上に俺も、彼女との時間に居心地のよさを感じていた。帰宅した後で星蘭と二人で過ごす時間は、案外悪くないものだ。

一緒に喋《しゃべ》りながら夕食をとったり、星蘭が好きな動画をパソコンで一緒に視聴したり。

それから、隣に座って彼女の勉強を見守ったり……。

「うぇ～！　もう勉強やだぁ～～！　英単語とかわけわかんないし～！」

「はいはい。そこ、文句言わない」

英語のテキストを前にして、星蘭が子供のように駄々をこねる。

もちろん俺は、彼女の親のように厳しくするつもりは毛頭ない。しかし星蘭が学校に通ってない現状、やはり多少は学業に触れさせる必要があるだろう。

「でもあたし、マジで勉強苦手なんだって～！」

「それは知ってる。話にも聞いたし、実際テキストできてないしな」

俺が買ってきたテキストには、各章ごとに理解度をチェックするミニテストのページがついている。しかし星蘭は、今のところそれでいい点数を取ったことがない。

彼女の場合、特に文系科目が苦手らしい。国語はまだしも、英語や歴史といった教科は、散々な点をたたき出している。

「だって、歴史とか全然暗記できないんだもん。英語も、単語覚えるのとか無理だし……」

「なるほどな。暗記科目が苦手なわけか」

頭に詰め込む情報が多いと、心理的に大変だからなぁ。一応その気持ちは分かる。

「この単語の問題も、しょっぱなからもうイミフだし！　『Spread』ってなんて意味⁉」

「分からん単語は自分で調べろ。辞書はないが、スマホで調べられるだろ？」

机の隅にあった星蘭のスマホを手渡してやる。自分自身で疑問を紐解《ひもと》く努力をする。それが勉強の第一歩だ。

星蘭は「うへぇ～」という顔をしつつも、スマホをタップし検索をする。

「…………」

「どうだ、星蘭。分かったか？」

「……あっ！　このブランド、日本上陸するんだ」

「おい、チュイッター見てんじゃねーよ」

一瞬でスマホを取り上げる俺。

「あー！　菱田《ひしだ》さん！　スマホ返して～！」

「勉強しないなら没収です！　一瞬でサボってんじゃねーよ！」

「だってマジで勉強分かんないんだもん～！　この単語だけ調べても、次の長文問題も解けないし～！」

「あのなぁ……。まずは目の前の問題を一つずつやってくしかないだろ」

「だって、解ける気しない問題あったら、一気にやる気なくなるじゃん」

可愛《かわい》らしく頬を膨らます星蘭。

「ってか、菱田さんはこの長文解けるの？」

「ん？　まぁ、分かると思うけど」

これでも大学は出ているからな。

「じゃあ、菱田さんが教えてよ～。なんか解き方のコツとかないの？」

「コツねぇ……。とりあえず問題見るか」

こういう時は、大人が模範となるべきだ。俺もテキストを読むために、星蘭の側《そば》へ身を寄せる。

すると、わずかに彼女と肩が触れた。

「きゃっ⁉」

「あっ、悪い」

謝って、すぐに離れる俺。しかし……。

「あっ、うん……。別に、大丈夫……」

「…………？」

なんか急に星蘭が大人しくなった。直前まで騒いでいたのに、言葉の歯切れが悪くなる。

「まぁいいや。えっと……この問題は～……」

「はう……⁉」

再び彼女の近くに寄って、隣からテキストを覗《のぞ》き込む。ふむふむ……久しぶりだと、覚えてない単語も結構あるな……。

「あ……う……」

「ん？　なんだ星蘭」

「べっ、別に！　なんでもないけど……ちょっとトイレ！」

急に立ち上がり、リビングから出ていく星蘭。

おい、本当にどうかしたのか？

俺が近づいてから、急におかしくなった気が……。

「――え？　もしかして触られてキショかったとか……？」

※

「あぁぁぁぁ～～～‼　ヤッバ～～～～！　緊張した～～～！！」

洗面所に逃げ込んだあたしは、菱田さんに聞こえない程度の叫び声をあげた。

「菱田さん、いきなり触ってくるとかズルイし！　あんなんされたらビックリすんじゃん！」

あーもー、ほんと、マジヤバかった！　いきなり近づかれて、超ドキドキした～！

しかもあたし、顔メッチャ赤くなってるし……。これ、菱田さんにバレてないかな……？

「ってか、ちょっと近づかれただけでこんなキュンとなるとか、ヤバすぎ……」

ちょっと前までは一緒にカップルジュースを飲んでも、間接キスしても全然平気だったのに……。今は絶対、そんなんムリだ。

「あたし……マジで菱田さんのコト好きになってる……」

多分きっかけは、この前のお出かけ。帰り際《ぎわ》に菱田さんが、あたしのことをすっごい真剣に考えてくれてるって分かった時だ。

やっぱり菱田さんは、お父さんやお母さんと違う。あいつらみたいにすぐあたしを叩《たた》いたりしないし、失敗しても怒らない。包丁で怪我《けが》をした時は、むしろ心配してくれた。あいつらだったら絶対に、怒鳴り散らしてきたところなのに。

それに菱田さんは、体の関係を迫ったりもしない。いつも優しく、なんの関係もないあたしを無償で家に置いてくれてる。

大人からこんなに優しくされたのは、間違いなく生まれて初めてだ。

「やば……。なんか、涙出てきた……」

菱田さん、マジで優しすぎるって。なんかもうダメだ。あの人かっこよすぎじゃん。

「ってか……勉強したら、菱田さん褒めてくれるのかな？」

勉強なんて大嫌いだけど……菱田さんが喜んでくれるなら、ちょっとやってもいいかなって思える。むしろメッチャ頭良くなって、あたしのすごさを見せつけたい。

「そしたら、菱田さんあたしに惚《ほ》れちゃうかも。えへへ……」

そんな妄想をするだけで、頬の緩みが止まらなくなった。

※

星蘭《せいらん》がリビングを去ってから、俺はひたすら心配していた。

確かに問題を見るためとはいえ、いきなり女子高生に成人男性が近づくのは、配慮が足りなかったかもしれない。キモイとか思われてたらどうしよう。

っていうか、謝ったほうがいいんだろうか？　ちょっと様子を見に行こうか……。いや
でも、わざわざ追いかけるのもストーカーみたいで気持ち悪い気が……。

なんて、心配のあまり延々と考えを巡らせていると。

不意に家のチャイムが鳴った。

「えっ？　誰だ……？　こんな時間に」

時刻はもう二十三時になる。こんな時間に訪ねてくる人物に心当たりなんてないぞ。

不審に思い、恐る恐るインターホンをチェックする。

するとそこにいたのは、見覚えのある人物だった。

「え……⁉　真奈美《まなみ》さん⁉」

画面に映っているのは、紛れもなく彼女だ。なんでいきなりこんな時間に……？　そういえば、前に家の場所は教えたけど……。

とりあえず、インターホンの通話ボタンを押して話す。

「は、はい……」

『あ。菱田君よね？　芹沢《せりざわ》真奈美です。突然押しかけてごめんなさい』

やっぱり真奈美さんだったか……。

「あ、いや。それはいいけど……。こんな時間に、どうしたの？」

『前に話した通り、一緒にゲームができればなって。今、お時間あるかしら？』

「え？」

そういえば、この前一緒にゲームがしたいと言われたな。

『いきなり訪ねるのは失礼だとは思ったんだけど、どうしても菱田君とお話ししたくて。一応、差し入れも持ってきたから。もしよかったら、一緒にどう……？』

お酒や食べ物が入ってると思《おぼ》しき、レジ袋を持ち上げてみせる真奈美さん。

マズイ……これは非常にマズイぞ。

普通なら、彼女の来訪はなんら困るものじゃない。でも、今俺の家には星蘭がいる。独身男の家にいるＪＫの存在をどう誤魔化せばいいか、俺には全く分からない。

かといって、真奈美さんを追い返すのも気が引ける。下手な断り方をしたら彼女を傷つけてしまいそうだし、わざわざ来てくれたのを追い返すのは、こっちの罪悪感が疼《うず》く。

『菱田君……？　やっぱり迷惑だったかしら……？』

「あっ、いや……。ごめん！　ちょっと待ってて！」

ひとまずインターホンを切る。こうなった以上、真奈美さんを家に上げるしかない。その間どう星蘭のことを隠し通すか、彼女と相談しなければ。

リビングを出て星蘭を探す。見るとすでにトイレから出て洗面所にいるようだ。

「悪い、星蘭！　非常事態だ！」

「うひゃあ⁉　ひひひ菱田さん⁉」

洗面所の扉を開いた瞬間、大げさなほど驚く星蘭。なぜかその顔はニヤついて見えた。

「ど、どしたの突然⁉　びっくりすんじゃん！」

「いや、実は……！」

俺は彼女に状況を説明。職場の同僚がやってきたと伝える。

「え、マジ⁉　じゃあ、あたしも挨拶しなくっちゃ……」

「おい、待て！　なんでそうなるんだ⁉　星蘭がいるってバレちゃまずいんだ！」

「え？　なんで？　別に良くない？　あたしがいても」

「よくねーよ！　考えてみてくれよ！」

俺は星蘭に、社会人の男が女子高生を匿《かくま》うことが、いかにマズイか言い聞かせる。

この行為自体、犯罪に問われる可能性が高いことや、世間的には『女子高生を連れ込む』イコール『いかがわしい行為をしている』とみなされてしまうことを説明。

「んー……なるほどね。とにかくあたしのことは隠した方がいい感じなの？」

「悪いけど、そういうことだ。今後の仕事に支障が出るかも」

この状況になって、改めて思い知らされる。星蘭と――見知らぬＪＫと二人で暮らすなんて、社会的には許されないことだと。最近この生活に慣れていたせいで、危機感を忘れてしまっていた。

「あー。それじゃああたし、隠れてるよ」

『え？』

「あたしがいるってバレなきゃいいっしょ？　それならお客さんが帰るまで、菱田さんの部屋に隠れてるから！」

『それは助かるが……本当にいいのか？』

「もちろん！　そうするしかなさそうだしね～」

星蘭はすぐ洗面所を飛び出し、俺の部屋に駆けこんだ。

「じゃああたし、しばらく部屋から出ないから！　お客さんが帰ったら呼んでね～！」

部屋の扉を閉め、籠る星蘭。よし、これで多分大丈夫だ。

俺はすぐに玄関に向かい、真奈美さんを迎え入れた。

「お待たせ、真奈美さん。いらっしゃい」

「あっ、菱田《ひしだ》君。ごめんなさい。何かお取り込み中だったかしら」

「いや、大丈夫！　遠慮せず入って！」

不自然に思われないように、できるだけ普通に迎え入れる。だが……。

「あら……？　これって女性用の靴よね？」

「あっ……！」

「菱田君って、一人暮らしのはずよね？　どうして……？」

やばい。早速やらかした。星蘭の靴がバッチリ玄関にお目見えしていた。

「あ～、これは……商店街の福引で当たったやつなんだ。しまう所もないから出してて」

「福引……？　おかしなものを当てたわね。運がいいのか悪いのか」

危ねぇ！　なんとか言い訳できた。

「そ、それより！　珍しくないか？　真奈美さんがお酒買うなんて」

「ええ。人前ではあまり飲まないのだけど。でも、こういう時はお酒かなって」

「そ、そうか……まぁ、入ってくれ」

真奈美さんをリビングに通して座ってもらう。さっきまで星蘭が座っていた場所だ。

「えっと……それじゃあ、早速ゲームするか。俺もスマホでログインを……」

「悪いわね。……あら？　どうしてここに、高校生のテキストが？」

真奈美さんが今度は、机の上のテキストに気づいた。しまった、片付け忘れてた……。

「いや、その……！　学生時代に買ったやつが出て来てさ！　懐《なつ》かしいから見てたんだ」

「へぇ……確かに、こうして見ると逆に新鮮ね」

「それより、ログインできたぞ！　せっかくだし協力プレイで遊ばないか？」

「そうね！　ちょうど今、新しいレイドバトルが始まったものね」

正直、俺は隣の部屋にいる星蘭のことが気になってゲームどころではなかったが、それを悟られるわけにはいかない。

できるだけいつも通りに振る舞いながら、二人でゲームとお酒を楽しみ始めた。

※

そして、一時間ほど経《た》った頃……。

「えへへっ……。菱田君……ひしだくぅん……」

「あ、あの……真奈美さん？　少し離れてもらえると……」

真奈美さんは完全に酔っぱらっていた。火照《ほて》った顔で俺にもたれかかってきている。

最初の方はお酒を飲みつつも、二人で協力プレイをしながら俺たちは普通に談笑していた。しかし三十分くらい経った頃から真奈美さんが酔い始め、なぜか俺に甘え始めたのだ。

この人普段は飲まないらしいけど、こんなにお酒弱かったのか。

「ひしだくんのおかげで、協力プレイ限定のレア素材がいっぱ〜いドロップしたわ。ふふ……今日はツイてるわね〜」

すでにベロンベロンに酔っているが、真奈美さんに帰る気配はない。それどころか、ますます俺にくっついて来る。きっとまだ話し足りないのだろう。

「ひしだくん、本当にありがとうね〜？　今日はとっても楽しいわ〜♪」

「いやまぁ、それは良かったんだけど……」

「えへへ……ひしだくんとお喋《しゃべ》りするの、すき〜♪　一緒にいるの楽しいわぁ〜♪」

この人、酔うとこんな甘々な性格になるのか。いつものクールで厳しい彼女からは、この姿はとても想像できない。

「あの、真奈美さん……。ゲームもいち段落ついたし、時間も遅いから、もうそろそろ帰ったほうがいいんじゃないか？」

「え？　もう、そんな時間なのぉ～……？　大変……」

時計を見て、さすがにほんの少しだけ冷静になってくれたようだ。名残惜しそうに俺から離れる。

「それじゃあ……残念だけど、そろそろ帰るわ……。ひしだくん、また一緒にゲームしましょうね？」

「ああ、うん。また機会があったらな……」

正直、星蘭のことがあるからあまり家には呼びたくないが、ひとまず話を合わせとく。

ちなみに星蘭はずっと俺の部屋で静かに待機してくれていた。きっと、スマホでもいじっているのだろう。

「あ、そうだ。家の近くまで送ってくよ」

さすがにこれだけ酔った女性に、夜道を一人で歩かせられない。お酒を飲んでるから車を出すわけにはいかないが、せめて付き添うことにする。

「え？　でも、さすがに悪いわよ～……。突然押しかけて、あんまり迷惑かけるのも……」

「いいって。家、この辺りだろ？　別に負担にもならないし」

「本当に……？　ごめんなさい。なにからなにまで。ひしだくん、優しいわね〜。よしよし……」

「ちょっ⁉　うぉっ……！」

真奈美《まなみ》さんが、俺の頭を撫《な》でてくる。この人、やっぱりまだ酔ってるな。

「とにかく、行こう！　俺たち明日仕事だし、早く帰って寝た方がいい」

「は〜い♪」

※

真奈美さんを家の近くまで送り、帰宅した後。

俺は玄関で笑顔の星蘭《せいらん》に出迎えられた。

「おかえりなさい。菱田さん。ふふふ……」

しかし、なんだか様子がおかしい。笑顔は笑顔なんだけど、どこか影のある笑顔というか……。

「えっと……ごめんな、星蘭。急に隠れてもらっちゃって」

「ううん。それは全然だいじょーぶ。迷惑かけてるのあたしだし」

どうやら、そこは怒っていない様子だ。

じゃあ、なんでそんなに雰囲気違うんだ……？

「ところで、菱田さん楽しそうだったね～。あんな美人とイチャイチャできて」

「なぁっ⁉」

イチャイチャって……まさか星蘭、俺たちの様子見てたのか？

「だって、あの女の人が菱田さんに甘える声とか聞こえてたし！　気になったから、ちょろっと扉の隙間から……」

まぁ、隣で騒いでたら聞こえるよな。

うわ、待ってくれ。なんなんだ、この恥ずかしさは。まさか全部見られてたなんて……。

「最後には頭撫でられて、鼻の下みょーんって伸びてたし……」

「いや、伸びてないから！　ただただ困惑していただけで……」

「ふーん……果たしてそうかな～？」

じとっとした目で俺を見る星蘭。まさかこの子、怒ってるってより嫉妬してるのか？

俺が星蘭との勉強を中断して、真奈美さんと仲良くしてたから。

「すまん……。機嫌直してくれないか？　星蘭との勉強会、放り出して悪かったから」

「いや、勉強はどうでもいいんだけど……」

「代わりに、何か星蘭のためにしてやるからさ。また一緒に買い物でも行くか？　できることなら、何でもするぞ」

「え、マジ？　何でもしてくれるの？」

俺が提案した途端、星蘭がその目を輝かせた。

「あ、ああ……できることならな？」

なんか、謎に星蘭の圧が凄《すご》い。なに？　俺は何をやらされるんだ？

「じゃあさ……。さっきみたいなこと、してよ」

「え？」

「菱田さん、あたしの頭撫でてくれない？」

少し頬を染め、視線を俺から逸《そ》らして躊躇《ためら》いがちに言う星蘭。

頭を、撫でる……？　なんだその可愛《かわい》い要求は。

「さっき菱田さん、あの人に撫でられてイチャイチャしてたじゃん？　だから、あたしともしなきゃ不公平。なんか負けた気がするし」

「別にイチャイチャしてたわけじゃないけど……」

「いいから、早く撫でて撫でてっ。何でもするって言ったでしょ？」

ん！　と、俺に近づいて、頭を差し出してくる星蘭。

なんでいきなりこんなことを……。星蘭の真意が分からない。もしかして、本気で俺を好きだったりとか……？

いや、俺の馬鹿。ギャル相手に変な期待をするな。こういう子はイケメン以外には本気の興味を示さないはずだ。きっと単純に、真奈美さんへの対抗心があるだけだろう。

もしくは親に厳しくされてた分、誰かに撫でられたい欲求があるとか……。

なるほど。きっとそうだろう。

「分かった……。そういうことなら、撫でるからな？」

「うん。優しくお願いね？」

要求を受けて、星蘭の頭に手を伸ばす。そして無言で優しくなでなでした。

「…………」

なんかこれ、妙に気恥ずかしい気分だな。女子の頭を撫でるのって、こんなに照れるものなのか……。

ってか……星蘭の髪、すごくサラサラしてるな。それに撫でる度にふわっと甘い香りが漂ってきて……なんだか、頭がクラクラしてくる。いけないことだと分かっているのに、星蘭を女性として見てしまいそうだ。どうしても心臓がバクバク跳ねる。

「えへへ……菱田さんの手、おっきいね？　きもちい……♪」

ああくそっ……！　可愛すぎるぞ、この子の笑顔！　不覚にも今の言葉が胸に刺さった。衝動的に、このまま彼女を抱きしめてしまいそうなほどに。

いや、落ち着け俺……女子高生の誘惑にハマるな。誘惑してるつもりとか、あっちは絶対ないだろうけど。

「え、えっと……星蘭、そろそろ終わりに……」

「ん、ダメ〜。もう少し♪」

甘えるような、可愛らしい声。その声に俺も離れられなくなってしまう。彼女におねだりされるがままに、その小さな頭を撫で続ける。

そんな風に、廊下で二人の時間を過ごしていると……。

「ごめんなさい、ひしだくん〜！　ちょっと忘れ物しちゃったみたい〜」

『あっ』

鍵をかけ忘れていた玄関が開き、少しだけ酔いから醒《さ》めた様子の真奈美さんが現れた。

「あれ……？　知らない女の子……？」

や、ヤバイ……ヤバイヤバイヤバイ！

真奈美さんに、星蘭の存在がバレた……！

彼女の頭に手をやったまま、俺の体が完全に固まる。

「えっと……ひしだくん。その子は誰……？」

「あ、いや……この子は、その……」

当然、不思議そうな顔で真奈美さんが尋ねる。

今ならまだ、返答次第で誤魔化せるはずだ。早く言い訳を考えないと。

しかし……何も出てこない。バレた焦《あせ》りで全く思考が働いていない。頭がちっとも回らない……！

どうしよう、ほんとどうしよう⁉ これ、なんて言ったら誤魔化せるんだ⁉

「その子……見た感じ、高校生よね……？ どうして高校生がこの家に……？」

「そ、それは……」

家出少女を連れ込んだなんて、口が裂けても言えるわけがない。しかし、それ以外の理由が全く思い浮かばなかった。

しかも俺が答えに窮する間に、真奈美さんは新たな疑問を見つける。

「というより、どうして頭を撫でてるの……？ 菱田《ひしだ》君、その子とどんな関係……？」

「あっ⁉」

俺は慌てて、星蘭の頭に置いていた手を引っ込める。

しまった……！ こんなのまるで、俺が女子高生と特別な関係を結んでいるかのようじゃないか。

しかも何も答えられずに焦った顔をする俺を見て、真奈美さんの表情が怪訝《けげん》なものに変わっていく。不信感を持たれているのが分かる。

そして、彼女はついに核心を突いた。

「もしかして……菱田君、その子を連れ込んでるとかじゃ……！」

「……っ！」

今まで見たことがないような、引いた顔をする真奈美さん。彼女が俺から後退《あとずさ》る。

しまった……バレた。同僚に、社会的な爆弾がバレた……。

焦りで弁明することもできず、俺はただただ泣きそうになる。

だが、その瞬間。

今まで黙っていた星蘭が、動いた。

「初めまして、真奈美さん！　お兄ちゃんがお世話になってます！」

え……？

「お、お兄ちゃん……？　菱田君が？」

「はい！　あたし、妹の星蘭って言います！　ちょっと前から、ここでお兄ちゃんと一緒に住んでて！　真奈美さんは、お兄ちゃんの同僚さんですよね？　お話は時々聞いてます

コミュ力高めに、物おじせずに真奈美さんに話しかける星蘭。そうか……妹のフリで誤魔化すつもりか！

――！」

「そ、そうなんだよ！　こいつ、俺の妹で……」

「え……？　菱田君って妹さんいたの？　そんな話は聞いたことが……」

「今まで言ってなかったから！」

この機を逃すかと、多少強引に畳みかける俺。頼む！　これで納得してくれ！

「でも、さっきまでは家にいなかったわよね……？　あなた、今までどこにいたの？」

「それは――別の部屋で寝てたんですよ～！　勉強してたらウトウトしちゃって」

真奈美さんにまじまじと顔を見られながらも、笑顔で答え続ける星蘭。

よし！　うまく切り抜けたぞ！

「そうだったの……。ごめんなさいね？　勉強中にお邪魔しちゃって」

「いえいえ～気にしないでください～」

『それにしても……とっても可愛い妹さんね。ちょっと菱田君が羨ましいわ」

よし……！　よしっ！　信じたぞ！　真奈美さんが信じてくれた！

これで、俺の疑いは晴れた！　社会的抹殺は免《まぬが》れたんだ！

「いえいえそんな～。全然可愛くないですって～」

真奈美《まなみ》さんと喋《しゃべ》りながら、星蘭《せいらん》がこっそりリビングを指さしこちらを見る。

おそらく、今の内に先手を打てということだろう。

「真奈美さん、忘れ物だよな？　俺、すぐ探して取って来るけど」

「あ、そうだったわ。じゃあ、お願いしてもいい？　スマホなんだけど……」

「了解。ちょっと待っててくれ」

俺は急いでリビングへ行き、真奈美さんが座っていた辺りを捜索。そしてすぐスマホを発見し、玄関で待つ彼女に返した。

「お待たせ、真奈美さん。見つけたよ」

「ありがとう。外で落としたんじゃなくて良かったわ」

「それじゃあ、まだ少し酔ってるみたいだし、もう一回送ってくから」

「え？　でも、さすがに二回も悪いわ。それに、酔いも大分収まって……」

「いいからいいから！　早く行こう！」

「真奈美さん、また来てくださいね～」

俺の妹として、笑顔で手を振り見送る星蘭。

俺は何かボロが出ないうちに、急いで真奈美さんと家を出た。

※

「ふぅ……なんとか誤魔化せたかなぁ……」

菱田さんたちが家を出た直後。あたしはため息をつき、壁にもたれかかった。

菱田さんが固まった時に、うまくフォローを出せてよかった。アレ、明らかに困ってたもんね。少しは役に立てたかも。

まぁでも……あたしが転がり込んでなければ、そもそもピンチにもならなかったけど。

「なるほどね……。バレたらマズイって、そういうことかぁ……」

正直、あたしは今までピンと来てなかった。自分の存在が、菱田さんにとってどれほど危険なものなのか。どうしてあたしの存在を、菱田さんが隠さなきゃいけないのかを。

でも、今日のことで痛感した。

あたしの存在を知った真奈美さんが、菱田さんに向けた顔を見て。

『もしかして……菱田君、その子を連れ込んでるとかじゃ……！』

「あの時の顔、本気で気持ち悪そうだったもんね」

菱田さんはあたしを助けてくれていて、それは隠さなきゃいけないような恥ずかしいことなんかじゃない。そんな思いが強かったせいで、大人のルールに気づかなかった。

あたしを匿《かくま》った菱田さんは、社会的には悪なんだ。

「やっぱりあたし、馬鹿だなぁ……。いるだけで迷惑かけてるのに」

菱田さんは社会的なリスクを負って、あたしをこの家に置いてくれてる。

今日だってうまく誤魔化せたからよかったものの……もしも真奈美さんにあたしの正体がバレてたら、きっと菱田さんを困らせたはずだ。

菱田さんは前に言っていた。いくらあたしが同意していても、保護者の許可なく未成年者を家に置いたら、それだけで罪になっちゃうって。つまり今の状況は、それだけマズイものだってこと。

同僚の人にバレたりしたら、捕まりはしなくても職場から追い出されるかもしれない。

「いつまでも、ここにいるわけにはいかないのかな……」

あたしは、菱田さんの元から離れたくない。ここを出たら行き場がないってこともあるけど……それ以上に、あたしは菱田さんが好きだ。単純に、あの人の側《そば》から離れたくない。

あの人は、あたしが信用したいと思える、唯一の大人で、男性だ。

でも、その気持ちが菱田さんの迷惑になってしまうかもしれない。あたしのせいで菱田さんが仕事を失ったりしたら、どう謝っても足りないもん。

最初ここに転がり込んだ時は自分のことで精いっぱいで深く考えられなかったけど、そろそろ考えないといけない。菱田さんに迷惑をかけないように、あたしが何をするべきか。

「場合によっては、もうここから……」

その先の言葉は、どうしても今は口にできなかった。

第四章　ギャルはいつでも元気をくれる

真奈美さんが訪ねてきた翌日。

無事に星蘭の件を誤魔化せたおかげで、俺はいつもと変わらない朝を迎えていた。

「なぁ星蘭。今日の夕食、何か決まってるか？」

出勤直前、星蘭に髪のセットをしてもらいながら問いかける。しかし彼女は、無言で俺の髪を弄《いじ》り続けた。

「なぁ、星蘭。星蘭ー。聞いてるかー？」

「はうっ⁉」

何度目かの問いかけで、ようやく星蘭が反応を示す。ビクッと体を跳ねさせる彼女。

「どっ、どうしたの菱田さん⁉」

「おいおい、聞いてなかったのか？　今日の夕食、何かリクエストしたほうがいいか？　なんなら、たまには俺が作るし……」

「あっ、大丈夫！　菱田さんは仕事に集中してよ。家事はあたしにお任せあれ！」

俺のスタイリングを終わらせて、星蘭が笑顔で親指を立てる。

本当に大丈夫か、この子……。なんか、ぼーっとしてたみたいだが……。

それになんだか、少し元気がないような気がする。なんか目の下にクマもできてたし。

もしかして昨日の真奈美さんの件で、何か気にしているのかも。思えば昨晩、俺が真奈美さんを送って帰ってきた後から、ちょっと変な様子だったたし。

それとも単純に、風邪でも引いたか。

「なぁ、星蘭。お前体調悪いんじゃないか？」

「そんなことないって！　昨日、ちょっとよく寝れなかっただけ！」

「寝不足か？　やっぱり、どっか悪いんじゃ……」

「あーもー！　そんな気にしないでって！　あたしめっちゃ丈夫だし！」

そうなのか……？　まぁ、本人が言うなら、いいんだろうけど……。

「じゃあ、今日はいつも通り九時頃帰るから。帰ったら、昨日のテキストの続きをやるぞ」

「えーっ!?　まだアレやるの？　もう勉強とかしなくてよくない？　あたし将来の夢、専業主婦だし」

「それなら、しっかり勉強していい男を捕まえないと。というわけで、頑張ろうな」

星蘭の頭をポンポンと撫《な》でる。

すると星蘭は、照れたように笑った。

「うん……。それじゃあ、行ってらっしゃい」

星蘭に見送られ、俺は家を出て職場へ向かった。

※

「はぁ……」

菱田《ひしだ》さんの出勤後、あたしは深いため息をついた。

あれから一晩、あたしはずっと考えてた。自分がこれからどうするべきか。

あたしの気持ちとしては、菱田さんから離れたくない。だって、本気で好きだもん。

でもやっぱり、それはあたしのエゴでしかない。菱田さん的にあたしは間違いなくお荷物だ。そんなあたしに良くしてくれているのは、ひとえに菱田さんの優しさで……それに甘え続けるのは、さすがに申し訳なく思う。

それによくよく考えてみたら……菱田さんは、あの真奈美さんって人を好きなのかもしれない。だって、家に女性呼ぶってそういうことじゃん？　少なくとも、真奈美さんの方は絶対菱田さんのこと好きでしょ。そうじゃなかったら、男の家とかわざわざ来ないし。

だとしたら、それこそあたしは邪魔者だ。仮に菱田さんと真奈美さんが今はそれほど親密じゃなくても、近い将来絶対あたしが邪魔になる。

そうなった時、菱田さんはどうするんだろう。あたしを匿い続けてくれるのかな……？

いや。いくら優しい菱田さんでも、あたしを追い出そうとするはずだ。ただでさえあたしの存在は社会的に良くないし。それに元々、いつまでも置いておくつもりはないって言われてるし。

それにあたしも、そこまで迷惑はかけたくない。

だから本当は、出ていくべきだということも分かる。だけど、やっぱり菱田さんが好きで……。その板挟みで、ずっと気持ちが揺れている。

「はぁ……とりあえず、やることやんないと」

日中。掃除や洗濯などをしながらあたしは改めて考える。このままここにいてもいいのか。それとも出ていくべきなのか。一日中ずっと悩み続ける。

そして、そんなんだからミスをした。

「あっ、ヤバッ！」

夕方、買い物から帰った後。料理の下ごしらえをするために冷蔵庫を開いたあたしは、致命的な失敗に気が付いた。今日は豚肉の生姜《しょうが》焼きにする予定だったのに、肝心の豚肉を買い忘れちゃった。

「うわ、マジかあたし……。そんなことある？」

慌てて他の食材を確認するけど、今家にある物じゃ代わりの料理も作れなそう。

「これは買いに行くしかないかぁ……」

時計を見ると、時刻はもう十八時になる。

本当は、この時間以降は家から出たくないんだよね……。学校や会社が終わる時間だから、知り合いに見つかるリスクも上がるし。

ちなみに、学生が早い時間からウロウロするのも問題があるから、買い物に行くのは十六時～十七時までの、早すぎず遅すぎない時間がベストだ。

ということで、この時間は家から出るにはちょっと遅い。

でも、夕食を作るには自分で買いに行くしかない。

「しょうがないかぁ……。ちゃっちゃと行こう」

こうなった以上、誰にも会わないように買い物をして帰るしかない。

あたしは身支度を整えて、こっそり菱田さんの家から出る。そして素早く駅方面へ向かう。

たしか駅の隣にスーパーがあった。そこで豚肉だけ買って、さっさと家に帰っちゃおう。

速足で歩き、五分ほどでスーパーが見えてくる。あたしは人目を気にしつつ、お店の入り口まで急ぐ。

「あれ……？　星《ほし》っち……？」

その呟《つぶや》きに、足が止まる。

「え……？」

聞こえてきたのは、あたしのあだ名。誰か、あたしを知っている人がいる。

知り合いとの再会。恐れてた状況が現実になって、おそるおそる声の方を向く。

すると……そこに立っていたのは……。

「あーっ！　やっぱり星っちだ～」

ダウナーなギャル友の、『メラっち』だった。

※

「こんな所で星っちと会うとはね～。でもまぁ、元気そうじゃんか」

「ゴメンね、メラっち。心配かけて」

日が暮れ始めた駅前の公園。そこのベンチに座って、あたしとメラっちは話していた。

「マジそれー。星っち、全然分かってないわ～。ウチがどれだけ心配したかさ～。これでも学校とかバイトの合間に、探し回ったりしてたんだけど～？」

「だからごめんって。マジ、この通り！」

両手を合わせて頭を下げる。そんなあたしに、ため息をつくメラっち。

「まったくさぁ……。いきなり家出とか、マジないわ～」

「そうするしかなかったんだってー。ってか、お父さんとかじゃなくて良かった……」

知り合いに見つかったのは良くないけど、それが友達なのは幸いだった。

「あ～……やっぱ親とのケンカ？」

「まぁ、そんなとこ。あんな家、もう耐えられないし」

「そっか～。星っちんとこ、厳しすぎるしね～。ウチでも多分逃げるわ～」

メラっちとは小学生時代からの友達だ。何度もお互いの家で遊んできたし、親のことを相談したこともある。だから家の事情をある程度知ってる。

「ってか星っち、今までどうしてたの？　学校来なくなって結構経《た》つけど。他の皆も心配してるよ」

「あ～、うん……それは……」

「普通、高校生が何週間も家出できなくね？　お金とか、すぐなくなるじゃん」

確かに、メラっちの言う通りだ。あたしもたまたま菱田さんが拾ってくれなかったら、野垂れ死んでしまっていたかもしれない。

「もしかして、いいパパ見つけたとか？　へぇ〜？　星っちも案外やるじゃん」

「違うって！　やましいこととかしてないから！」

「じゃあ、どうやって生きてたの？　というか、今どこに住んでるの？」

「あ……それは……」

「親戚の家とかも頼れないだろうし、友達の家でもないんでしょ？　家出なんてしても、行き場所ないじゃん」

メラっちの疑問ももっともだ。でも、それに答えるわけにはいかない。菱田さんのことを話すことになるから。

「ごめん……それは、ちょっと言えない。助けてくれた人、メッチャ良《い》い人だったから。絶対迷惑かけたくない」

「ふ〜ん……。まぁ、無事ならいいけどさ〜」

幸い、メラっちは深く聞かなかった。あたしの気持ちを考えてくれたか、それとも単純にめんどくさいからか。

でもその代わりに、違うことを要求。

「あのさ、星っち。もう帰ってきなよ」

「え……？」

「さっきも言ったけど、星っちいなくなってから皆心配してんだよね～。元気そうだからよかったけど……変な男に捕まってないかとか、クラスの皆話してるし」

「あ～……やっぱそんな噂《うわさ》たつよね」

あたしもクラスの誰かが家出したら、そういう心配はすると思う。根も葉もない噂を流したりはしないけど。

「それに星っちの両親も、大分心配してんじゃね？」

「はぁ⁉　いや、それはない！　それはないって！」

それだけは声を大にして否定させてもらう。

「だってウチの親、あたしをこれまで出来損ない扱いしてきたんだよ⁉　そのくせ、大学受験が近づいたらいきなりスパルタ教育してきて……あたしのこと、全然大事にしてないから！」

「マ？　そうは見えなかったんだけどな～」

「見えなかった……？」

意味が分からない。メラっち、あたしの親と会ったの？

「星っちが家出してから、星っちのお母さんがウチの家に来たんだよね～。行き先に心当たりないかって聞きにさ～」

「うそっ⁉」

メラっちの話では、あたしが家出したと分かったその日に、お父さんもお母さんも、心当たりのある場所を探し回り始めたらしい。その際、メラっちの家にも来たのだとか。

「おばさん、心配そうにしてたよ～。すっごい必死で探してたし～」

「お母さん……」

にわかには信じられない話だ。あの親が、あたしを心配するなんて。

「多分、両親も反省してるんじゃない？　星っちに厳しくしすぎたこと」

「そう、なのかな……」

「だから、帰ったほうがいいって。なんなら今から一緒に帰る？　怒られるのが心配なら、ウチも一緒に謝るからさ～」

優しく提案してくれるメラっち。

でもあたしは、少し考えた後で首を横に振る。

「だめ。それでも帰らない」

「え〜！？　なんで〜？」

「だって……やっぱり、許せないから」

あたしの家出で親が心配してくれたのは、正直言ってちょっと嬉《うれ》しい。

でも、だからって親を許せるわけじゃない。お父さんもお母さんも、今までずっと不出来なあたしを無視するか、暴力を振るって勉強させるかしてきたんだ。そんな人の所に帰りたくない。

あの二人がちょっと心配したくらいで、変わってくれるとは思えないし。もし帰ったらいずれまた、元の生活に戻るだけ。そんなのはフツーに想像つく。

「まぁ、それはそうかもね〜。だけど一応言っとくと……星っち、捜索願出されてるよ」

「えっ⁉」

捜索願？　一体誰がそんなん出したの？

「そりゃ、星っちの両親でしょ。娘が家出したら出すよ普通」

「うわ……マジ最悪」

「でさ〜、よく分かんないけど、届け出があったら一応警察も動くじゃん？　特に星っち未成年だし。もしそうなったら、星っちと一緒にいる人に迷惑かかるかもしれないよ？」

「迷惑……！」

「星っち、今は誰かに助けてもらってるんでしょ～？　捜索願出されてる星っちとその人がもしも一緒にいたら、警察はどう思うんだろうね？　最悪、逮捕されちゃうかも」

「そんなっ⁉」

確かにあり得ない話じゃない。菱田《ひしだ》さんもずっと、その可能性は考えてた。それに捜索願が出されてると思うと、より危険度が上がった気はする。それで警察がどこまで本気であたしを探すかは分からないけど……。

「だからさぁ。もう帰ろ～よ？　家出なんて、いつまでも続けられないし。頼ってる人に迷惑がかかるのも、星っち的には嫌でしょ？　多分」

「………」

「それより、親とちゃんと話した方がいいよ？　星っちの親、厳しいけど……今ならちゃんとしてくれると思うし」

メラっちがあたしの手を握る。この子は本気で、あたしを心配してくれている。その気持ちが伝わってきた。

でも……。

「ごめん。やっぱり、家に帰るのだけは無理」

菱田さんの元から離れることになったとしても、あの家に帰るのだけは嫌だ。あんな両親と一緒に生活したくない。菱田さんの優しさに触れた後に、あんな地獄へは帰れない。

「……分かったよ。思った以上に本気ってワケね」

ため息交じりに言うメラっち。

「それなら、ウチももう帰れとは言わないけどさ。でも、マジで大丈夫なの？　星っちといる人、ヤバくない？」

「それは……」

それは、メラっちの言う通り。

帰らないのは確定だけど、だからって菱田さんに迷惑はかけたくない。ただでさえ真奈《まな》美《み》さんとの間を邪魔してるのに、その上捜索願だなんて……。

どうしよう。頭真っ白だ。あたし、どうすればいいんだろう？

でもそうやって悩んでいると、メラっちが提案してくれた。

「じゃあさ、ウチと一緒に来なよ。良い人紹介してあげるから」

「え……？」

「実はウチ、メッチャ良い人知ってるんだよね～。こーいう時に頼りになる人」

頼りになる人……？　それって、やっぱり……。

「男の人……？」

「うん、そーそー。女の子にメッチャ甘いオニーサンでさぁ～。一日でお金すごいもらえるし、テクもヤバイからオススメだよ～」

「……っ！」

お金にテクって……パパ活的なことだよね？

ってかメラっち、そういう経験してたんだ……。意外……。

「どぉ？　星《ほし》っちも気に入ると思うんだよね～。もしよかったら、紹介しよっか？　ウチが言えば、優しく面倒見てくれると思うけど」

「……………」

正直言って、それは怖い。知らない人とそういうことをしなきゃいけないのは、嫌だ。

最初菱田さんに声かけた時も、本当はめっちゃビビってたし……。嫌だけど、生きてくためにはしょうがないからって、人畜無害そうな菱田さんを選んで、勇気振り絞って声かけてたし。

でも……あたしも今のままじゃいられない。捜索願が出されちゃったんなら、菱田さんと一緒にいるのは余計にヤバイ。もちろん、すぐにあたしの居場所がバレて、連れ戻されるわけじゃないとは思う。でも警察が積極的にあたしを探す可能性もあるし、間違いなく危険度は上がる。

菱田さんに迷惑をかけないためには、もう一度勇気を出さなきゃいけない。

「………………」

「ねぇ、どぉかな？　一回会ってみない？」

メラっちがあたしの顔を覗《のぞ》き込んでくる。

「……分かった。それじゃあ、お願いしてもいい？」

覚悟を決めて、あたしは頷《うなず》く。

大丈夫。元々そうやって生きてく予定で家出したんだし、問題ない。

これでもう、菱田さんに迷惑がかかることもないし。

「ほい決まり～！　じゃあさ、今から早速行こ。ちょうど今日、会う予定あるからさ～」

「え⁉　今から⁉」

「だって、星っちのことほっとけないし。せっかく見つけたのに、また音信不通になったらヤだしさ～」

「それはゴメンだけど！　せめて荷物は取りに行かせて──！」

菱田さん……ごめん。あたしこのままバイバイかも。

菱田さんのことは好きだけど……好きだからこそ、離れなきゃダメだと思うから。

※

「菱田君、お願い……。昨日のことは忘れて頂戴」

　仕事の合間。お客さんがパタッと途切れた際に、真奈美さんがどんよりとした顔で言った。

「ま、真奈美さん？　どうしたの？」

「その……昨日私、ひどい醜態をさらしたでしょう……？　お願いだから忘れて欲しいの」

　醜態……？　ああ。酔っぱらって、俺に絡《から》んできたことか。

「あんな姿を見られるなんて、一生の不覚……トラウマものだわ……。もうお酒なんて二度と飲まない……」

「そこまで思いつめなくてもいいって。まぁ、気を付けるべきだとは思うけど」

　今考えると、意外な姿で面白かったし。くっつかれるのは反応に困るが。

「それに、誰にだってああいう失敗あるしさ。俺もあんまり気にしてないし」

「そう……？　それならいいのだけれど……」

「とにかく元気出してくれ。なんなら、一緒に飯にするか？」

夕飯時の前のこの時間なら、バイトの皆でうまく回せる。今の内に休憩をとりたい。

「いいわね。それじゃあ、何かまかないを作りましょうか？」

「いや、いいよ。いつも作ってもらってるし」

毎回頼むのも悪いからな。近所の定食屋に行こうと提案し、着替えて二人で外に出る。

そして、並んで歩きながら話す。

「でも、少し意外だったわ」

「え？　何が？」

「菱田君の家、思った以上に片付いていたから」

不意に、真奈美さんが昨日の話に戻った。

「普通、男の人の部屋ってもう少しゴチャゴチャしているイメージだもの。それに、水回りとかも綺麗《きれい》だったでしょう？」

「ああ、それは……妹のおかげだよ」

嘘《うそ》半分、真実半分の返答をする。

俺が綺麗な部屋で快適な暮らしを送れるのは、全て星蘭《せいらん》がいてくれるおかげだ。実際あの子が来る前は、惨憺《さんたん》たる状況だったからな。

「なるほど。妹さんに家事を手伝ってもらっていたのね。ということは、食事とかも？」

「あ、うん。なんでわかったの？」

「だって、最近の菱田君は顔色がいいもの。どうしたのか少し気になっていたけど、美味《おい》しくて栄養のある物をしっかり食べているからなのね」

確かに彼女のおかげで食生活は改善した。それに帰宅後に家事をしなくていいから睡眠時間もかなり増えたし。朝も身支度をしっかり整えてから気持ちよく出勤できるから、より顔色がよく見えたのだろう。

「さては、髪のセットとか身支度も妹さんが手伝ってるの？」

「はは……まぁ、そんなとこかな」

星蘭のおかげで調子がいいとは思っていたが、まさか周りから見ても分かるほどだとは……。あの子の影響は、俺が思っている以上のようだ。

「……あとでお礼を言っとかないとな」

「？　どうかしたの、菱田君」

「あ、いや。なんでも」

できるだけ早く帰ってあげよう。そう思いつつ、定食屋へと到着する。

しかし、そこで失態に気づいた。

「あっ、やべっ……」

「どうしたの？」

「俺、家に財布忘れたみたいだ……。電車、定期だから気づかなかった……」

これではお店に入れない。

今朝は様子のおかしい星蘭のことが心配で、自分の支度が疎《おろそ》かになっていたらしい。

「どうしましょう……。実は私も、手持ちが少なくて貸せるかどうか……」

「いや、大丈夫だ。一回取りに戻るから」

幸い、家から職場までは近い。電車を使えば三十分程度で往復できる。職場に戻るついでにコンビニへ寄れば、飯を食う時間は十分《じゅうぶん》余る。

「悪いけど、真奈美さんはここで食べてくれ。俺は適当に済ませるから」

「いいの？　なんなら、お店に戻ってまかないを……」

「いいっていいって！　また休憩の後にお店で会おう！」

そう言って、駅へと走る俺。

帰るついでに、早速星蘭に普段のお礼を言うとしよう。それにあいつの様子も見ておこう。朝からちょっとおかしかったし。

今頃あいつ、何をしてるかな。暇な時は勉強をするように言ってあるけど、ちゃんと励んでいるだろうか？　それか家事をしているのかも。

なんてことを考えながら、俺は電車に乗り最寄り駅へ着く。そして小走りで家へと帰った。

「星蘭、ただいま！　ちょっと戻ったぞ！」

玄関を開けて、家の中へと声を飛ばす。

しかし……今日はなんだか、様子が違った。

「あれ……？」

星蘭の声が返ってこない。いつもだったら、俺が帰ってきたらすぐ「おかえりー！」と、玄関まで迎えに来てくれるのに。今日は一切反応がない。

それに、彼女の靴も見当たらなかった。

「…………」

なんかちょっと嫌な予感がする。以前帰りが遅くなった時に、星蘭が俺を探そうと夜の街に出たことを思い出した。今朝の様子のこともあり、妙な胸騒ぎに襲われる。

「いやでも、まだまだ夕方だしな……」

きっと、夕飯の食材が足りなくなって、買い出しに行っているだけだろう。あまり心配しすぎるのもよくない。

「そうか。外出中だったか……」

なんだか、ちょっと残念な気持ちになる。少しだけでも顔を合わせたかったんだけどな。

「いや……馬鹿なこと考えるな、俺」

これじゃ、俺が星蘭を恋しく思ってるみたいじゃないか。大人がＪＫに恋してたまるか。

未成年と恋、ダメ絶対。

とにかく、財布を持って出て飯を買おう。それで職場に戻らないと。

「あれ……？」

リビングに入って、また違和感。星蘭が持ってきたキャリーバッグが見当たらない。大きい荷物だから、買い物の時も家に置いていくはずなのに。

いや、キャリーバッグだけじゃない。テーブルに置かれていたネイルなどの小瓶やぬいぐるみなど、彼女の私物が綺麗さっぱりなくなっている。

その代わりに残されていたのは、テーブルに置かれたスマートフォン。俺が星蘭に買い与えたものだ。

そしてさらに。その隣には彼女が作ったと思《おぼ》しき豚肉の生姜焼き一皿と、書置きがあった。

「なんだ……？」

すぐにメモ用紙に目を走らせる。すると、彼女の筆跡でこうあった。

『菱田《ひしだ》さんへ。突然いなくなってごめんなさい。急だけど、そろそろ家に帰ることにしました。いつまでも家出してられないしね。これまで、本当にありがとう。あたしがいなくても、家事とかサボっちゃだめだからね？　星蘭』

「家に、帰った……？」

おい、これはどういうことだ？　星蘭がいきなり家出を止《や》めるなんて……。

もしかして何かの冗談か？　そう思い、念のため他の部屋も見て回る。しかし星蘭の姿はどこにもない。

「本当に……家に帰ったのか？」

なんとも突然すぎる帰宅に、こちらの理解が追いつかない。しかし彼女の痕跡すら、やっぱり家のどこにもなかった。

あれだけ帰るのを嫌がっていた星蘭が、自分から進んで帰宅したのか……。

「あいつめ……帰るなら帰るって、直接言えよ……」

なんでこんな急に出て行くんだよ……。せめて見送りくらいはさせてくれよ。

でも、喜ばしいことではある。ずっと家出なんかしているよりも、家で家族と一緒に過ごす方が、きっと彼女のためになる。星蘭の両親はかなり厳しい人みたいだが、娘を家出させるほど追いつめてしまったことが分かれば、間違いなく考え直してくれるはずだ。

それに俺も肩の荷が下りた。これでもう、女子高生と同棲《どうせい》中という爆弾は解除できたんだ。近所や職場の誰かにバレて、社会的に死ぬ恐れはない。

お互いにとって、これがベストな形なんだ。星蘭もいずれは家に戻らなきゃいけなかったわけだし、彼女もそう考えたんだろう。

いきなりの帰宅には驚いたが、無事に帰ったならそれでいい。

「はぁ……。そうか、帰ったか……」

リビングにどっかり腰を落とす俺。なんだか、体の力が抜ける感覚。言いようのない喪失感が、俺を襲っていることに気づく。

「俺、思ったより寂しいのかもな……」

最初は厄介者扱いしていた星蘭だったが、今ではすっかり生活の一部になっていた。

朝は星蘭に起こしてもらい、夜は彼女に出迎えられる。そして美味しい手料理を食べて、一緒に勉強をしたりする。そんな日常を、俺自身も楽しんでいたようだ。

星蘭が側《そば》から離れて、そんな日々が消えたと知った瞬間。自然と重いため息が零《こぼ》れた。

「俺の家、こんなに広かったんだなぁ……」

二年ほど住んで慣れ親しんでいたはずの借家が、星蘭がいなくなっただけで、なぜだか妙に広く感じる。星蘭の存在がこの家にとってどれだけ価値があったのか、見せつけられているようだ。

こんな気持ちになるのなら、せめて心の準備はしたかった。本当に、事前に教えてくれればよかったのにな……。

「でも……本当になんで急に?」

今までの星蘭は、かなりいい子だった。

確かに時たま自分の価値観で暴走したり、俺を振り回したりすることはあったが、基本的には思いやりのあるしっかりとした女の子だった。砕けた口調ながら、最低限の礼儀もあった。

そんな子が、挨拶もせず急に俺から離れるか……? 帰るにしても、お礼くらいは直接言いそうなものじゃないか?

それに何より、家出までして家族から離れたがっていた彼女が、突然帰るのは不自然な気がする。

「……やっぱ、なんかおかしいよな」

今朝の様子を思い出しても、彼女が何か悩んでいるのは明白だった。

いきなり出て行ったのには、何か理由がありそうだ。

「くそっ……何やってんだよ、星蘭は」

俺は深くため息をつく。そして、家を飛び出した。

※

「ふぅ……とうとう出て来ちゃったなぁ」

あたしは菱田さんの家を出て、駅のホームに座っていた。

あの家の私物は全て回収し、テーブルに書置きも残してきた。夜に菱田さんが帰ってきたら、すぐに気づいてもらえるように。

「菱田さん……今までありがとう」

菱田さんの元を離れるのは、正直言ってすっごく辛《つら》い。

それに突然いなくなることは、とても申し訳なく思う。でもまた菱田さんと顔を合わせたら、きっと決心が鈍っちゃうから。

菱田さんの顔を見て、辛くなる前に。これ以上好きになる前に。すぐにあの家を出るしかなかった。

菱田さんは優しいから、いきなりいなくなって心配させちゃうかもしれないけど。

「でも、大丈夫だよね。書置きで家に帰るって伝えたし」

本当は家出を止めるつもりはないけど。ああ書けばきっと菱田さんも安心するはずだ。

「むしろ、あたしの方が心配かも。菱田さん、これから家事ちゃんとできるかな？」

今日の夕食は作ってきたから問題ないけど、明日からきっと大変だよ？　今まで食事も何もかも、全部あたしがやってたんだもん。きっと一か月も経《た》たないうちに、家の中グチャグチャになっちゃうよね。

あたしにはもう、どうすることもできないけどさ……。

「お待たせ、星《ほし》っち〜」

トイレに行っていたメラっちが、手を振りながら戻ってきた。あたしはなんとか顔に笑みを貼り付ける。

「おかえりー。で、これからどこ行くの？」

「早速オニーサンとの待ち合わせ場所。夕方から会う予定だったからさ〜」

「そこにあたしも……やば。やっぱ緊張するかも……」

「大丈夫だって〜。最初だけだから。会っちゃえば絶対気に入ると思うし〜」

そう言われても、やっぱり怖い……。

「ね、ねぇ。その人、具体的にはどんな人なの？」

「ん〜？　フツーに格好いい人だけど。それに初めてなら優しくしてくれるんじゃない？　ウチには割と激しいけど〜」

「は、はげしっ……⁉」

メラっち、マジでそういう経験豊富なんだ……！

「えっと……メラっちって、これまでどれくらいお金稼いだの？」

「んー？　そのオニーサンからは、大体六十万くらいかな〜」

「えっ、マジ⁉」

「うん。割と条件いいよ、マジで」

六十万って、すごい大金だ……！　少なくとも高校生にとっては。

その人とパパ活していけば、確かにしばらくは暮らせるかも。

でも……。

「…………」

「なに？　やっぱ不安？」

「う、うん……。あたし、こういうの初めてだから……」

「大丈夫だって。怖くないし。ウチも最初はビビったけどさ〜、慣れちゃえばホントどうってことないから。ま、笑顔振りまくのとかはめんどいけどね」

「マジ……？　そういうもの、かなぁ……？」

「そーそー。星っち、メッチャ可愛《かわい》いし。良《い》いお仕事させてもらえるって」

メラっちが優しく肩を叩《たた》いてくれる。それでもやっぱり不安は不安だ。いくら聞こえの良い言葉を並べてもらっても、そーいう行為はどうしても怖い。

でも……逆にちょうどいいのかもしれない。好きな人のことを……菱田さんのことを忘れるには。

好きな人がいるのにパパ活なんてしたくないけど……どうせもう菱田さんには会えない。それならこーいう荒療治で、全てを忘れるのもアリかもね……。

「ってか星っちなら気に入られすぎて、いきなりメチャクチャにされちゃうかもね～？

そうなったら、お金いっぱいもらえるじゃん」

「えっ……⁉」

「いや、ビビりすぎw　ウケるw　冗談だって～。ほら、電車来たから行くよ？」

「あ、うん……」

電車がホームに滑り込んできて、扉を大きく開け放つ。

……これに乗れば、きっともう後戻りはできない。

菱田さんとはお別れで、知らない人とパパ活を——そういうことをしないといけない。

でも、それはしょうがないことだ。菱田さんに迷惑をかけず、あたしが生きていくための、唯一残された方法だから。

「菱田さん……今まで、ありがとう」

そう呟《つぶや》き、あたしは電車に乗った。世界が変わることを覚悟して。

※

「くそっ……やっぱり見つからねぇか……！」

家を出た後。俺はこの前のように星蘭《せいらん》を探して近所を走り回っていた。

しかし、やはりそう簡単には見つからない。

星蘭のヤツ、ご丁寧にスマホだけは置いていきやがったからな……。連絡を取ることだってできない。本当に、しらみつぶしに探すしかなかった。

「まったく、どこに行ったんだよ……！」

とにかく、星蘭のいそうな場所を考えろ。それで順番に探すしかない。

といっても、この辺りでギャルのいそうな場所なんて全く想像つかないんだけどな！

基本的には普通の住宅街だし！　遊べるような場所なんてどこにも——

「あっ！　そういえば、繁華街……！」

星蘭と初めて出会った場所を思い出す。あの夜、あいつはあそこで俺に声をかけたんだ。

パパ活をして稼ぐために。

「…………」

まさかとは思うが、すぐに駅前の繁華街に向かう。

まだ夕方だが、早いお店はもう赤ちょうちんに明かりがついている。仕事を早めに終えたサラリーマンたちも、ちらほらと姿を見せている。

もしかしたらまた、ここでパパ活をするつもりなんじゃ……！

周囲をくまなく見渡しながら、繁華街の端から端までチェックする。だが俺の不安とは裏腹に、そこに星蘭の姿はなかった。

「はぁ……よかった……」

どうやら、またここでパパ活するつもりじゃないらしい。

でも、だとしたら一体どこに……？

「――って、しまった！」

腕時計を見ると、時刻はもうすぐ十七時になるところ。休憩時間が終わりそうだった。

正直、こんな時に仕事なんかしてる場合じゃない。でも、さすがにいきなりいなくなったら、職場の皆に迷惑だ。

とりあえず一度職場に戻ろう。それで可能なら風邪とかってことで早退して、また星蘭を探すしかない。

俺は慌てて駅へと走り、ギリギリで電車に飛び乗った。

「ふぅ……」

居場所が分かるまで心配だが、とりあえず繁華街にいなかったのは安心だ。あんなピュアないい子に、危険なことはしてほしくない。

「でも、待てよ……？」

別にパパ活なんて、あの繁華街以外でも余裕でできる。電車で他の繁華街に行って、そこでパパを探すつもりかもしれない。

いくらアイツでも、そんな危険なことをするはずがない。そう思いたいが、不安は次々と湧いて来る。

そもそも俺と初めて会った時も、星蘭はパパ活を持ちかけて来たんだ。どういう心境の変化で俺の家を出たにしろ、仮にこれからも家出を続けるのであれば、そういうことをしてもおかしくはない。

だとしたらその前にあいつを見つけて、危険から守る必要がある。

「くそっ……！　早く探さないと！」

電車を降り、走って改札をくぐる。そして職場にたどり着いた俺は、すぐ早退をするために、まずはロッカーの荷物を取りに行く。

そのためにスタッフルームへ向かっていくと……部屋の中から声が聞こえた。

『ねぇ、なんでそんな格好なの？　いつもと全然違うじゃん』

『職場なんだから、当たり前でしょ～？　普通に金髪も禁止だし～』

『マジか……。ってか、まさか職場で待ち合わせとはね。ここで働いてる人なの？』

『そーそー。ここの社員の人～』

「ん……？」

覚えのある声が、二つ聞こえる。

片方の間延びした喋《しゃべ》り方の方は、俺の可愛《かわい》い部下の藍良《あいら》ちゃん。そして、もう一人の方は——

「星蘭っ⁉」

バンッと音を立てて扉を開ける。

すると……探していた金髪少女が中にいた。

「え……？　え……っ⁉　菱田《ひしだ》さん⁉」

お化けでも見たような、悲鳴に近い声を上げる星蘭。その目は見開かれ、驚愕《きょうがく》の表情を浮かべている。

でもそれは、俺も同じ気持ちだ。なんで星蘭が俺の職場に……⁉

「うわっ、菱田さん⁉　今着替え中なんですけど⁉」

「あっ、すまん！」

制服を着てはいるが、まだボタンを留めていない藍良ちゃんの姿。俺は慌てて、一度スタッフルームから出る。

すると十数秒後、怒った藍良ちゃんが廊下に出てきた。

「ちょっと、菱田さん～！　なにしてんですか～！　私着替えてたんですけど～⁉」

「いや、それはごめん！　でも、星蘭の声が聞こえたから……」

「え？　星蘭？」

「ちょっと、メラっち！　なんで菱田さんがここにいんの⁉　知り合いなん⁉」

続いて星蘭も廊下に出てきた。

「なんでって、ウチが紹介しようとしてた人、この菱田さんだからだけど。今日シフト同じだから、会わせようと思って」

「マジで⁉　え、はぁ⁉　どーゆーこと⁉」

なんだこの状況。訳が分からん。なんで星蘭と藍良ちゃんが一緒にいるんだ？

この二人って、もしかして……。

「な、なぁ……。二人とも、知り合いなのか……？」

「知り合いっていうか～友達ですけど？」

「う、うん……。メラっちとあたし、おなクラだし……」

「マジか……」

星蘭が職場のバイトと知り合いとは……。

あとその呼び方、藍良＝愛良《あいら》＝メラってことか……？　ギャルはなんでも崩しやがるな。

「ってか、ウチも一つ聞きたいんすけど……なんで二人とも面識あるの？」

『あ……』

その日、藍良ちゃんに俺と星蘭の関係がバレた。

※

「まさか、菱田さんが星《ほし》っちを匿《かくま》ってたとはねぇ～」

「頼む……このことは誰にも言わないでくれ……！」

行きがかり上仕方なく、俺は星蘭との関係を藍良ちゃんに話した。家出した彼女を、偶然出会った俺が匿っていたことを。

「ってか、待ってくれ。俺こそ聞きたい。なんで藍良ちゃん、星蘭と仲良さそうにしてたんだ？　前に陽キャ毛嫌いしてたのに」

藍良ちゃんは完全に地味系の女子だ。星蘭と仲良くしたがるとは思えない。

「あ〜、それは……まぁ、今ならバラしても平気かな〜」

藍良ちゃんが自身の頭に触れる。そして、黒髪のウィッグを外した。

その中には、見事な茶髪があった。

「私……ってかウチ、本当は結構ギャルなんだよね〜」

藍良ちゃんが、星蘭と同じギャルに早変わりした。

「なっ……マジで……!?」

「その〜……ウチ、バイトでは陰キャのフリをしてるっていうか……。ギャルとか分かったら、印象悪いじゃないですかー。面接とかも落とされそうだし」

確かに、学校とバイトで顔を使い分けてる人もいるみたいだけど……にしても、こんな極端に変わるかね。

「そもそもこのバイト、髪染め禁止でしょ〜？　だから隠してたっていうか〜」

「あー、そういうことか……」

黒髪に戻すのは嫌だが、給料が高めなここで働きたかったのだろう。その気持ちはまぁ、分からなくもない。

しかしまさか、藍良ちゃんと星蘭が友達とはな。なんというか、世間は狭い。

「はぁ……なんか、ショックかも……」

さっきまで黙っていた星蘭が、とても深いため息をついた。

その顔は沈みきっていて、見ていて心配になるレベルだ。

「え？　ちょい、星っち？　どうしたの～？」

「どうもこうもないって……。もうなんか、マジでショック……」

またもや、ため息をつく星蘭。そして彼女は俺たち二人の顔を見て言う。

「まさか……菱田さんが、メラっちとパパ活してたなんてさ……」

『はぁ⁉』

彼女のとんでもない発言に、俺と藍良ちゃんが声をそろえた。

「お、おい！　何の話だよ⁉　俺、そんなことしてないぞ！」

「誤魔化そうとしても無駄だから！　あたし、全部知ってんだからね⁉　菱田さんの馬鹿！　エロ！　変態！　性犯罪者！」

なんなんだよ、その人聞きの悪い罵倒の嵐は。

「なっ……!?」

「あのさぁ、星っち～。ウチ、そんなん一言も言ってないよね～？」

「言ってたじゃん！　菱田さんのコト、女の子にメッチャ甘くて、一日でお金すごいもらえて、テクもヤバイおすすめのオニーサンだって！　それパパ活の話でしょ？　それで、あたしにも勧めようとしたんじゃん！」

「いや、違うし～。ウチはただ、力になってくれそうな菱田さんを紹介したかっただけだって～。あわよくば、このお店で一緒にバイトできるかもじゃん？　ここの時給結構いいし、菱田さんヤバいほど接客テクあるから、バイトのウチらは楽できるしね～」

社員としては、聞き捨てならないことを言われたんだが。

「え……？　バイトの話だったの……？　で、でも！　『初めてなら優しくしてくれる』とか『ウチには割と激しい』とか、なんとか……」

「それも全部バイトの話～。ウチにはガミガミ言う菱田さんも、初めて働く星っちには優しく教えてくれそうってこと」

「じゃあ……菱田さんから稼いだお金も……」

「全部フツーに給料だよ？」

藍良ちゃんの返答に、星蘭《せいらん》が固まる。

「え？　星っち、全部パパ活の話だと思ってたん？　頭めっちゃピンクじゃんｗ」

「なうっ……⁉」

「ってか星っち、ウチがそーいうのヤってるって思ってたんだ～？　ショックだわ～」

「だって、言い方が紛らわしいんだもん！」

「いや、友達にパパ活勧めるわけないじゃん。常識的に考えなって～」

「それは、そうかもしれないけどっ……！」

真っ赤な顔をして、腑《ふ》に落ちないという様子で藍良ちゃんを睨《にら》む星蘭。

「はぁ……。二人とも、ちょっといいか……？」

俺はため息交じりに割って入る。

今の会話から、星蘭がなぜ書置きを残していなくなったのか大体わかった。どうやら、後で色々話をしないといけないようだ。

だがとりあえず言うべきことは……。

「一応ここ、職場だから。あんまり誤解を招く話はするなよ？」

『あ……』

誰がどこで聞いてるかわからない。特に真奈美《まなみ》さんに聞かれたら、厄介なことになりそうだ。

「あと、星蘭。お前とはちょっと話したい。俺の仕事が終わるまで、隣の空き部屋で待っててくれるか？」

「え……でも……」

「いいから待ってろ。逃げたら許さん」

ひとまず、星蘭が見つかったのなら安心だ。まずは仕事に戻るべきだろう。

「よし。それじゃあ仕事だ。いくぞ、藍良ちゃん」

「うげぇ……。週末のシフト最悪ですわ～。菱田さん。もう帰ってもいい？　無勤で給料だけ欲しい……」

「はいはい。早くついてきなさい」

嫌がる藍良ちゃんを引っ張っていく。

また星蘭と会えたことに、心の底から安堵《あんど》しながら。

※

「ってか、驚きですわ～。星っちを拾ったのが、菱田さんだったとは」

ホールへ向かう際。

ウィッグを被《かぶ》り直し、陰キャモードに戻った藍良《あいら》ちゃんが話しかけてきた。

「こっちこそだよ。二人が繋《つな》がってたなんて。……頼むから、この件は他言無用ということで……」

「分かってますって～。それより、星っちメッチャ菱田《ひしだ》さんに感謝してましたよ～？　私がどこに住んでるか聞いた時も、『助けてくれた人が優しくて、迷惑かけたくないから言えない』って」

「え？　そうなのか……」

「二人とも、メッチャ仲いいんですね～。ちなみに、星っちと男女の関係は？」

「それはねーよ、馬鹿。マジでねーよ」

「え～？　ほんと～？　ムキになるとか、怪しすぎでは～？」

「藍良ちゃん。さっきの茶髪、明日までに染めなきゃクビね？」

「ぎゃー！　ごめんなさい！　ごめんなさーい！」

軽口を叩《たた》きながらも、ギリギリ休憩明けまでにホールへ戻る。

そして、ひとまず仕事に集中した。

※

終業後。

俺は予定通り、空き部屋へ星蘭を迎えに行った。

ちなみに藍良ちゃんは俺より前にシフトを終えて、しばらく星蘭と話していたようだ。

しかし俺がやってくると、気を使ったのか先に帰った。

真奈美さんにも『妹が来ているから』と言って先に帰ってもらったから、今は俺と星蘭の二人きりだった。

どう切り出せばいいか悩んでいたところで、星蘭から話を振ってくれた。

「……ここ、菱田さんの職場だったんだね。ビックリしたよ。まさか、メラっちと知り合いだったなんて」

「そうだな……。すごい偶然だ。でも、お前にも驚かされたよ。財布取りに家戻ったら、いきなりいなくなってたんだからな」

「あ……じゃあ、テーブルの書置き見たんだ……？」

「おう。やっぱり、家に帰るってのは嘘《うそ》だったわけだ」

「………」

星蘭は何も答えない。

「藍良ちゃんとの話からして、お前別の男から金もらって家出続けようとしてただろ？　なんだ？　またパパ活か？」

「………」

まだ言葉に詰まった様子の星蘭。俺は深いため息をつく。

「まったく……どれだけ心配したと思ってるんだ？　ここにお前が来てなかったら、仕事早退して探しに行くとこだったんだぞ？」

「……ごめんなさい」

「別に謝れとは言わないけどさ。それより、どうして家から出て行こうとしたんだ？　俺に何か不満があったのか？」

「それは……」

話しづらそうに顔を逸《そ》らす星蘭。

どうやら、少し長くなりそうだ。

「まぁいい。ひとまず一緒に帰るぞ。話は家でゆっくり聞くさ」

一度切り上げて立ち上がる。ここで長居しすぎて、終電がなくなるのは嫌だからな。

しかし、星蘭は立たなかった。しばらく俯《うつむ》き、黙り続ける。

そして少し後、こう告げた。

「ごめん、菱田さん。それは無理」

彼女は顔を上げ、真剣な目で俺に告げる。

「迎えに来てくれたのは嬉《うれ》しいよ……？　でも、あたしはもう帰れないから」

「なんでだよ？　なんか理由でもあるのか？」

「それは……あたしがいると、迷惑になるじゃん？」

「……俺はそんなこと言った覚えないぞ？　少なくとも、一緒に暮らし始めてからは」

「それは菱田さんが優しいからでしょ？　でも実際は、菱田さんの生活を壊すリスクもあるわけだし。それこそ、昨日みたいにさ」

言われて、真奈美さんが来た時のことを思い出す。

確かにあの時、もし妹だと言って誤魔化せなければ面倒なことになっていただろう。

それにこの先、誰かに俺たちのことがバレるかもしれない。星蘭の言う通り、社会的リスクは常にある。

「でも、なんで今になってそんな心配を——」

「それにあたし、捜索願出されちゃってるみたいなんだよね。今日、メラっちから話聞いたんだ」

「捜索願……？」

星蘭の親が出したのか？

「それが本当なら、帰ったほうがいいんじゃないか？　親も本気で星蘭のことを探してるってことだろう？」

「ううん。信用できないよ。あたしのこと、これまでひどい扱いしてきた人だし」

まぁ……星蘭の立場になってみると、それも当然かもしれない。それだけ辛《つら》い思いをさせられてきたんだろうから。

「自分の家には帰りたくない。でも、今まで通り一緒にいるのも菱田さんにとって絶対良くない。本当に菱田さんが捕まったりしたら、嫌だもん」

「確かに捜索願が出されたら、ちょっと警戒しちゃうよな。警察に本気で探されそうで」

「だから、あたしは菱田さんと一緒にいられない……。もう、今日でサヨナラだから」

ハッキリとそう言い切る星蘭。

「そっか……それでいきなり出て行ったのか」

失踪の理由は理解できた。彼女は俺を気遣って、俺の家から出て行こうとしたんだ。

その気遣いは素直に嬉しい。俺のことを本気で心配してくれたんだな。

でも……。

俺は、そんなのは求めてない。

「あのさ、星蘭。今言ったよな？　自分がいると、俺に迷惑をかけるって」

「え？　うん。言ったけど」

「悪いけどそれは間違いだ。むしろ星蘭がいなくなる方が、俺にとっては迷惑だからな」

「え……？　なにそれ、どういうこと……？」

訝《いぶか》し気に首をかしげる星蘭。そんな彼女に、俺は言い放つ。

「星蘭がどっか行っちまったら、俺は死ぬほど寂しいんだよ！」

「……っ！」

大声に星蘭がビクッとする。

「いいか、星蘭。毎晩仕事から帰ってきた後、星蘭と話したり勉強を教えたりする時間は、俺にとって何物にも代えがたい楽しみだ。そんなひと時があるからこそ、俺は今仕事を頑張れてるんだ」

「え……？」

「いや、仕事から帰った後だけじゃない。朝、星蘭に起こしてもらったり、二人で一緒にご飯を食べたり、休日に二人で出かけたり……。全部、これ以上ないほど楽しいんだよ。

星蘭と一緒の生活がさ」

さっき星蘭のいない部屋で一人になって、そのことを嫌というほど痛感した。まだ星蘭が家に来てから一か月程度しか経《た》ってないのに、俺はすっかり彼女との日々に染まっていた。

「だから、星蘭がいないと寂しいんだよ。俺のためにも、出て行くな」

「で、でも……」

目を泳がせて、困惑する星蘭。

そんな彼女に、俺は畳みかける。

「それに、星蘭の作るご飯はうまいしな。ってか……星蘭がいなくなったら、俺はまた不健康な食生活だぞ？ そうしたら俺は、数年後にはきっと病気になるだろうな。俺が糖尿病とかになってもいいのか？」

「いや、それは知らないし……。料理くらい、自分でちゃんとやってよ……」

「家事だってそうだ。俺は大したことはできない。もし星蘭がいなくなったら、すぐに俺の部屋はゴミや埃《ほこり》でグチャグチャだ。水回りだってカビだらけだろうな。それはそれで病気になるぞ」

「だから知らないってば！ もう……菱田さん、めっちゃダメな大人じゃん」

星蘭が呆《あき》れたような顔になる。わずかだが、さっきまでの暗い表情が和らいだ。

「とにかく、お前との生活に慣れちゃった以上、星蘭がいないなんて考えられない。だから、責任をとって戻ってきてくれ。お前が嫌じゃなければだけどさ」

意思を知ろうと、星蘭の目をじっと見る。彼女は頬を赤らめてもじもじとした。

「そ、れは……気持ちは嬉しいけど……。でも、あたしがいたら、迷惑が……」

「だーかーら。星蘭がいない方が、俺の生活が壊れるんだよ」

いまだに遠慮ばかりする星蘭。俺は彼女の肩に手を置いて言う。

「なぁ、星蘭……多分お前が思ってるより、俺は星蘭が大事なんだ。だから、いなくならないで欲しい。お前が心配なのもあるけど……俺も星蘭と一緒の方がいいからさ」

「菱田さん……！」

「それとも、星蘭は俺と一緒にいたくないか？」

もう一度、星蘭の目を真っすぐ見据える。

すると彼女は、涙を浮かべながら微笑《ほほえ》んだ。

「ああもう……。ホント、菱田さんってダメな大人だね？　あたしがいないと、生きてけないじゃん……」

「悪いな。大人は寂しがり屋なんだよ」

俺は星蘭に手をさしだす。

「じゃあ、一緒に帰るぞ。星蘭。これからも、よろしく頼む」

「うん……。ありがとう、菱田《ひしだ》さん……！」

彼女の華奢《きゃしゃ》な手が俺の手を取る。そしてようやく、二人で職場を後にした。

※

そして家にたどり着いた後。

「〜〜♪　〜〜〜♪」

星蘭は先ほどまでとは別人のような上機嫌っぷりで、明るい鼻歌を歌っていた。

それも、俺の側《そば》に引っ付きながら。

「なぁ、星蘭……？　なんでずっと俺にくっついて来るんだ？」

後ろにベッタリついてこられたら、トイレもろくにいけないんだけども。

「いーじゃん、いーじゃん！　菱田さんだって、あたしがいないと寂しいんでしょ？」

確かにそう言ったけども。こんなベタベタされたいほど人肌恋しいわけじゃねえよ。

「ねぇ、菱田さん。マジでありがとね？」

そんな俺の心情はお構いなしに、星蘭が話しかけてくる。

「菱田さんがいなかったら、あたしどうなってたか分からないよね。改めて、拾ってくれてありがとう！　ほんと、あたしの恩人だよっ！」

「まぁ……それくらい気にすんな。今は俺が星蘭の保護者みたいなもんだからな」

拾った以上、最後まで面倒を見るつもりでいるさ。星蘭が本当に、家に帰る決心をするまでは。

「とりあえず、今後は勝手に出て行ったりするなよ？　あと、男にはもっと警戒すること。パパ活しようなんて二度と思うな。マジで怖い思いすることになるぞ」

「はいっ！　肝に銘じますっ！」

ビシッと敬礼する星蘭。よし。これでもう馬鹿なことは考えないだろう。

「それじゃあ、もうそろそろ寝るぞ。夜更《よふ》かしは体に良くないからな」

「は～い！」

俺は星蘭を引きはがし、ささっと寝る支度を済ませる。その後いつも通り自室に入り、電気を消してベッドに潜った。

そして目を閉じ、少し後。俺が眠りに落ちる前。

ガチャ……と、静かに扉が開いた。

「ねぇ……菱田さん。まだ起きてる？」

「え……？」

星蘭？　なんで俺の部屋に？

彼女はいつもリビングに布団《ふとん》を敷いて、一人で寝ているんだが。

「どうしたんだ、急に。何か用か？」

「うん……。ちょっと、聞きたいことがあってさ」

そう前置きし、星蘭が遠慮がちに言う。

「菱田さん……。今日、一緒に寝てもいい？」

「は………？」

意味が分からずに聞き返す。

「もし、菱田さんがよかったら……今日は、一緒の布団で寝たいの」

「お前……それ、どういう意味だ？」

「どう取ってもらっても大丈夫。もちろん、いやらしい意味でもいいよ……？」

暗闇の中で星蘭が動く。見ると彼女は猫耳の付いた寝間着の上を脱ぎ、ズボンも足元に下ろしていた。夜に慣れた俺の視界が、彼女の下着姿をうっすらと映し出している。

「お前っ……！　いきなり何してんだ！　男には警戒しろって言ったろ！」

「もちろんそれは分かってる。でもあたし、菱田さんなら大丈夫だから」

下着姿で四つん這《ば》いになり、俺に近づいてくる星蘭。胸の谷間がくっきりと見える位置まできた。

「菱田さん、あたしのこといっぱい助けてくれてるでしょ？　だから、何かお礼がしたくてさ」

「お礼……？」

「あたしに今できることって、とりあえずこれしかないかなって。だから、もし菱田さんが望むなら――」

星蘭が全部言い終える前に。

俺は布団から体を起こし、彼女の頭をグーで小突いた。

「いたっ！」

「このばか。女子高生が自分の体を安売りするな。これも前に言っただろ？」

「うぅ……この前より痛いんだけど……」

「それに、警告だってしたよな？　また言ったら追い出すって」

「でもあたし……本当に大丈夫だよ？　菱田さんなら、嫌じゃない。むしろ――」

「嫌じゃないとか、そういう理由でするもんじゃないだろ。いいから、早く服を着ろ。これ以上怒られたくなければな」

きっぱり告げると、星蘭は弱々しく「は～い……」と返した。そして寝間着を身に着ける。

「いいか、星蘭。お礼なんか別に気にしなくていい。毎日の家事だけで十分だ。強いて言うなら、変な誘惑はもうやめろ。お前は子供なんだからな」

「子供……かぁ。菱田さんから見たら、そうだよね」

「分かったら、早く自分の布団に戻りなさい」

話は終わりとばかりに、俺は布団で横になる。しかし……。

「じゃあさ……添い寝するのはダメ……？」

「添い寝……？」

「うん。だってあたし子供だもん。子供なら大人に添い寝してもらってもいいでしょ？」

いや……子供といっても、高校生なんですがそれは……。

「菱田さん、ダメ……？　やっぱり嫌？」

「別に嫌ってわけじゃないけど……」

なんだか、妙に寂しそうな声だ。

考えてみれば、星蘭は親の温《ぬく》もりをあまり味わってこなかったんだよな……。それに、今日は見知らぬ男と寝る覚悟だってしていたはずだ。

辛《つら》い思いをして、誰かに甘えたいと思うのは当然の心境かもしれない。さっきの提案も、本質的にはそういうことだったのかもな。

「……わかった。その代わり、変なことはするなよ？」

「大丈夫。本当に添い寝だけだから」

普通は男女逆のセリフな気がするが……ともかく、星蘭が俺の布団に入ってくる。

「わぁ……！　菱田さんの布団、気持ちいい……」

「……！」

女の子が、俺と同じ布団の中にいる。

なんなんだ、このシチュエーションは。いざやってみると想像以上に緊張するぞ……！

俺の隣。すぐ触れられる距離で、こんなに可愛《かわい》い女の子が横になっている。その無防備さに、どうしても性的な意味で意識してしまう。

「この布団、寝心地いいねー」

「そ、そうか？　普通に安い布団だけどな……」

ダメだ。動揺が抑えきれない。それにこの距離感……思わず触れてしまいたくなる。

「な、なぁ……やっぱり、別々に寝ないか？　同じ布団じゃ狭いだろうし……」

「それがいいんじゃん。温かくてさ。その方がよく眠れるし」

どうやら星蘭は、本気でこのまま寝るつもりらしい。

もう、覚悟を決めるしかないようだ。こうなったら、早く慣れるしかない。この落ち着かない状況に。

「こうやって誰かと一緒に寝るの……あたし、もしかしたら初めてかも」

「さすがにそんなことはないだろ……。星蘭が小さい時は、親が一緒に寝てたはずだぞ」

「そうかもね。でも、物心ついてからは初めて」

星蘭が俺に身を寄せて、寝間着の裾をギュッと摑《つか》む。

「菱田さんの体おっきいね……なんか、すっごく頼もしい」

「い、いや……俺は普通の体格だぞ」

俺とは逆に、細身で綺麗《きれい》だが、弱々しい体の星蘭。そんな女の子らしい彼女に触れられて、女性に耐性のない俺は気絶しそうになってしまう。

この子、本当に可愛すぎるだろ……。今まで何度も思ってきたけど、見た目も性格も、魅力的すぎる。そんな子と一緒の布団にいて、このまま眠れるか不安になるぞ。

だがその一方、次第にリラックスできる要素にも気づく。

星蘭が入ってきてから、布団が心地よい温かさになった。それに彼女からは不思議な甘い匂いがする。なんだか落ち着く、女の子の匂いだ。

その温もりと甘い香りが、少しずつ緊張を解きほぐしながら、俺の眠気を誘ってくれる。

ふと、俺の口から大きなあくびが漏れ出した。

「ねぇ、菱田さん。もう眠い？」

「え？　あぁ、そうだな……。結構眠いな……」

元々眠る直前だったし、星蘭の香りと体温で次第にリラックスし始めた。

それに今日は、星蘭を探して疲れたのもある。意外と急速に眠くなってきた。

「じゃあ……最後に言っとくね」

「ん……？」

星蘭が俺の耳元に近づく。

「菱田さん……。あたし、ほんとは怖かったんだ。菱田さんから離れて、知らない人と生きてくの」

「…………」

「だから、引き止めてくれて嬉《うれ》しかった。からかってるとかじゃ全然なくて。マジで、あたしにとっての王子様だった」

「よせよ……そんなの。大げさだって……」

「ううん。大げさじゃない。正直……メッチャきゅんってなったし」

恥ずかしそうに星蘭が言う。しかし言葉の半分は、もう今の俺には届いてない。

あ、ダメだ。本気で意識が落ちる……。ってか、『きゅん』ってどういうことだ……？

「いつか……子供扱いできないようにするからね……」

不意に、頬に柔らかい何かが触れる感覚。

それを最後に、俺の意識はぷっつり途切れた。

エピローグ

「菱田《ひしだ》さーん。朝だよー。起きて起きてー」

　体が揺らされ、同時に聞こえる可愛らしい声。

　目を開けると、星蘭《せいらん》が俺を起こそうとしていた。

「うぅ……。もう朝か……？　あと少しだけ……」

「ダメだって。今日仕事でしょ？　早く起きなきゃ！」

　星蘭が容赦なく布団をはぎ取り、俺の手を掴んで体を起こす。

　あぁ……また今日も仕事が始まる。考えただけで憂鬱だ。

　やっと星蘭を連れ戻したと思ったら、今度は普通に出勤かぁ……。

　でも……。

「おはよー、菱田さん！」

「ああ……おはよう。今日も元気だな」

　綺麗にメイクを決めて百パーセントの笑顔を向ける星蘭に、俺もつられて笑顔になる。

「今、朝ご飯作ってるから！　先に顔洗ったりしてきてね」

「りょーかい。ちなみに、今日の朝食は？」

「今日は洋風ー。トーストとか！」

なるほど。たまには洋食もいいな。

キッチンへ戻る星蘭を見送り、俺はゆっくりと服を着替える。そして言われた通りに顔を洗った。

「あ、そうそう。たまには、自分でやらないとな」

洗面所にあったワックスを使い、星蘭のマネをして髪を整える。

そして、彼女のいるリビングへ向かった。

「あっ！　菱田さん、もしかして自分で髪のセットした？」

「ああ。どうだ？　あんまりうまくはいかなかったが……」

「ううん！　いい感じ！　菱田さん、超イケてるよ！」

笑顔で親指を立てる星蘭。よし……！　ギャルのお墨付きをもらったぞ。

「じゃあ、ご飯食べて！　ちょうどできたから！」

「ありがとう。うまそうだ」

卓上にはトーストやスクランブルエッグ、それにサラダやコーヒーが出来立てで用意されている。

俺は星蘭と一緒に席へ着き、手を合わせて『いただきます』を言う。そして二人そろってトーストを齧《かじ》った。

「うん。うまい。いい焼き加減だな」

トーストにはバターが塗られており、その上にシナモンシュガーがかけられている。ほどよい甘さが、目を覚ますにはちょうどよかった。

「ほんと？　よかった～。スクランブルエッグも食べてみて。今日のは自信作だから」

「そうか、じゃあ……」

早速食べようとフォークを手にする。

だがその前に……。

「はい、あーん♪」

「え？」

星蘭がフォークで掬《すく》ったスクランブルエッグを、俺に向けて差し出してきた。

「どーぞ。あたしが食べさせてあげる」

「なんだよ、いきなり……。自分で食えるよ」

「いいじゃん、たまには。あーんして？　こういうの、なんか楽しいじゃん」

俺の口元にフォークを寄せる。

なんだか……昨日家に帰ってから、やたら甘えてくるような気がするな。くっついてきたり、添い寝してきたり。

まぁ、たまには付き合ってやるか……。恥ずかしいけど、誰も見てないし。

「分かったよ。あー……」

俺は大きく口を開ける。だが星蘭はその直後、俺からフォークを遠ざけた。そしてスクランブルエッグを自分で食べる。

「ん～！　おいし～！」

「おい待て。なんだその古典的な悪戯《いたずら》は」

「あははっ！　だって、やっぱり恥ずいし」

だったら最初からやろうとするなよ……。

まぁ、星蘭が楽しそうで何よりだ。こいつが笑うと、自然と家の雰囲気も明るくなるからな。俺も朝から元気をもらえる。

「ははっ」

「どしたの、菱田さん。いきなり笑って」

「いや……。良い朝だなって思ってさ」

結局今日も、いつもと変わらない朝がやってきた。

星蘭に起こしてもらい、こうやって一緒に談笑しながら、彼女が作った朝食を食べる。

昨日の件があったからか、それだけのことでも何だかとても幸せに感じた。

「それなら大丈夫！　安心して！　あたし、もう勝手にいなくなったりしないから。ずっと菱田さんのところでお世話になるね！」

「いや、いつかはちゃんと家に帰れよ？　そんな長いこと置く気はないから」

「え？　もうここがあたしの家で良くない？」

「良くねえよ。いつまでも居座るな」

いずれはこの子も、ちゃんと両親と話し合うべきだ。いつまでもここに匿《かくま》って、一緒に暮らすわけにはいかない。

でも、せめて。星蘭が進んで家に帰ると言い出すまでは。彼女が厳しい両親たちと向き合う覚悟ができるまでは。

俺のもとでゆっくり休んでほしい。傷ついた心をたっぷり癒《いや》してあげたいから。

「ってか、菱田さん大丈夫？　今日はやけにゆっくりしてるけど」

「え？　あっ、ヤバイ！　もうこんな時間か！」

早く出ないと電車に間に合わない。俺は慌てて朝食を腹に詰め込んだ。

そして荷物を持ち、玄関へ駆ける。

「ごちそうさま！　なるべく早く帰るから！」

「あっ、待って！　菱田さん！」

俺が玄関で靴を履いていると、すぐに星蘭が追いかけてきた。

「菱田さん、昨日言ったじゃん？　あたしとの生活、これ以上ないほど楽しいって」

「え？　あぁ……確かに言ったけど——」

「それ、あたしも同じだからね。菱田さんといるの、チョー楽しいから！」

ブイッとピースをする星蘭。無邪気な可愛《かわい》らしいその姿……彼女のおかげで、今から仕事だというストレスも和らぐ。

「そっか……それは安心だ」

俺もピースサインを彼女に返す。そして靴ヒモを結び、立ち上がった。

「じゃあ、行ってくる！　また夜に！」

「うんっ！　行ってらっしゃい、菱田さん！」

昨日までと同じように、ギャルに見送られて家を出る。

そんな些細《ささい》だけど大きな幸せ。それだけで俺は、今日も頑張れるような気がした。

あとがき

皆様、始めまして。もしくはお久しぶりです。作者の浅岡旭《あさおかあきら》と申します。

この度は本書、『冴《さ》えない社会人、家出ギャルにモテる。 ちょっと距離近すぎませんか？』をお手に取っていただき、誠にありがとうございます。

さて、今回の作品は『社会人が家出したギャルＪＫと同居する、年の差ラブコメ』となっております。ギャルがヒロイン、ということになるのですが……本書執筆の過程で、私自身が高校時代に体験したギャルとのエピソードを思い出しました。せっかくなので、ここにそのお話を記しておこうかと思います。

あれは高校一年生の時でした。ある日の朝の教室で、私は大変困っておりました。というのも、英語の宿題をうっかりやり忘れてしまったのです。私の英語の先生は『授業の前に、教科書の英文を自分なりに和訳しておくこと』を宿題として義務付けており、ちゃんとそれができているか、授業開始時にノートをチェックするのです。

しかもその日は、先生が『予習を忘れる人が多い』という件で、皆に説教をした翌日。

そんな日に限って忘れてしまったものですから、もう大ピンチです。

英語の授業は一時間目。今から真面目に取り組んでも間に合いませんし、誰かのノートを写すにしても、男友達は登校してくる時間が遅く、待っていられない状況です。

その時視界に入ったのが、離れた席に座るギャルっぽい茶髪の女子でした。この時点で、クラスにはその子と私くらいしか来ていません。普段は全く絡《から》みのない女子ですが、今の私にとっては救世主。彼女にノートを借りるしかなく、私は席を立ちました。

その時です。私の頭に、昨日の教師の説教が再生されたのは。

『中には友達のノートを写してズルする奴《やつ》もいると思うが、それじゃ自分の幸せに繋《つな》がらない。先生のためじゃなく、将来の自分の幸せのためにやるべきことをやってほしい』

これは、さすがに借り辛《づら》い。この説教の翌日に、『ノート見せて』とは言い辛い。最悪、「昨日の話聞いてないの?」と、断られてしまう可能性もあります。

しかし背に腹はかえられません。そこで私は考えました。昨日の『自分の幸せのため』という説教を受けつつも、彼女がノートを見せてくれるような頼み方を。

そしてピッタリなフレーズを思いつき、私は彼女に頭を下げました。

『僕を幸せにしてください!』

はい。めちゃくちゃドン引きされました。当然、ノートも見せてもらえませんでした。

あの時の女子の「は……？」って顔は、宿題忘れで怒る先生以上の怖さでした。

それでは、ここからは謝辞に移ります。

まずは担当編集のK様とN様。本作の完成のためにお力添えいただき、誠にありがとうございました。K様には本企画の立ち上げや改稿作業において数々のアドバイスをいただき、N様にはタイトルや表紙デザインなどの件で多大なご協力をいただきました。お二人のお力がなければ、作品は形になりませんでした。心より感謝申し上げます。

イラストレーターのShakkiy《しゃっきー》様。大変素敵なイラストを描いてくださり、誠にありがとうございました。新しいイラストが上がってくるのを、プレゼントを待つ子供のような気持ちで楽しみにしておりました。

その他、出版に携わってくださった方々。感謝の気持ちでいっぱいでございます。この場では書ききれないほど多くの方々のお力で、この本の出版にたどり着けました。

最後に、読者の皆様方。改めてここまでお読みいただき、本当にありがとうございます！　家出ギャルと社会人のラブコメを、お楽しみいただけましたら幸いです。

それでは、また続巻でお会いできることを心の底から祈っております。

二〇二三年五月某日　浅岡旭

お便りはこちらまで

〒一〇二−八一七七
ファンタジア文庫編集部気付
浅岡　旭（様）宛
Shakkiy（様）宛

富士見ファンタジア文庫

冴《さ》えない社会人《しゃかいじん》、家出《いえで》ギャルにモテる。

ちょっと距離《きょり》近《ちか》すぎませんか？

令和５年７月20日　初版発行

著者——浅岡《あさおか》　旭《あきら》

発行者——山下直久

発　行——株式会社KADOKAWA

〒102-8177

東京都千代田区富士見2-13-3

0570-002-301（ナビダイヤル）

印刷所——株式会社暁印刷

製本所——本間製本株式会社

ISBN978-4-04-075062-0 C0193　◇◇◇

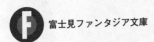

学校
……じろじろ見ないで
【朗報】
俺の許嫁になった地味子、家では可愛いしかない。
秘密の結婚生活《ラブコメ》！

ファンタジア文庫
甘えていい？
家
著者：氷高悠
イラスト：たん旦
親同士の約束で俺に嫁（３次元）ができた！？
相手は地味で目立たない同級生・綿苗結花。
「最近の推しは誰ですか！？」「遊くん…って呼んでもいい？」
趣味もピッタリ、意気投合。
しかも、慣れたら学校では想像できないほど大胆に！
彼女の素顔と、２人だけの生活は可愛さしかない！？
クラスのあの子と

僕、兄貴のこと
すっごく好きだよ！
シリーズ
重版続々
大ヒット
発売中!!

「す、好きです!!」「えっ? ススキです!?」。
陰キャ気味な高校生・加島龍斗は、
スクールカースト最上位&憧れの白河月愛に
罰ゲームきっかけで告白することになった。
予想外の「え、だって今わたしフリーだし」という理由で
付き合うことになった二人だが、
龍斗はイケメンサッカー部員に告白される
月愛の後をつけて盗み聞きしてみたり、
月愛は付き合ったばかりの龍斗を
当たり前のように自室に連れ込んでみたり。
付き合う友達も遊びも、何もかも違う2人だが、
日々そのギャップに驚き、受け入れ合い、
そして心を通わせ始める。
読むときっとステキな気分になれるラブストーリー、
大好評でシリーズ展開中!

ありふれた毎日も
全てが愛おしい。

「済」みな「キ」「ミ」と、
「ゼ」「ロ」な「オ」「レ」が、
き「合」いする「話」。

ファンタジア文庫
何気ない一言も
キミが一緒だと
経験
経験
お付
著／長岡マキ子
イラスト／magako

無自覚最強ハーレム！
シリーズ
好評発売中！
妹が女騎士学園に入学したら救国《なぜか》の英雄になりました。僕《ぼく》が。
After my sister enrolling in Girl Knights' School, I become a HERO.
author. ラマンおいどん
ill. なたーしゃ
ファンタジア文庫

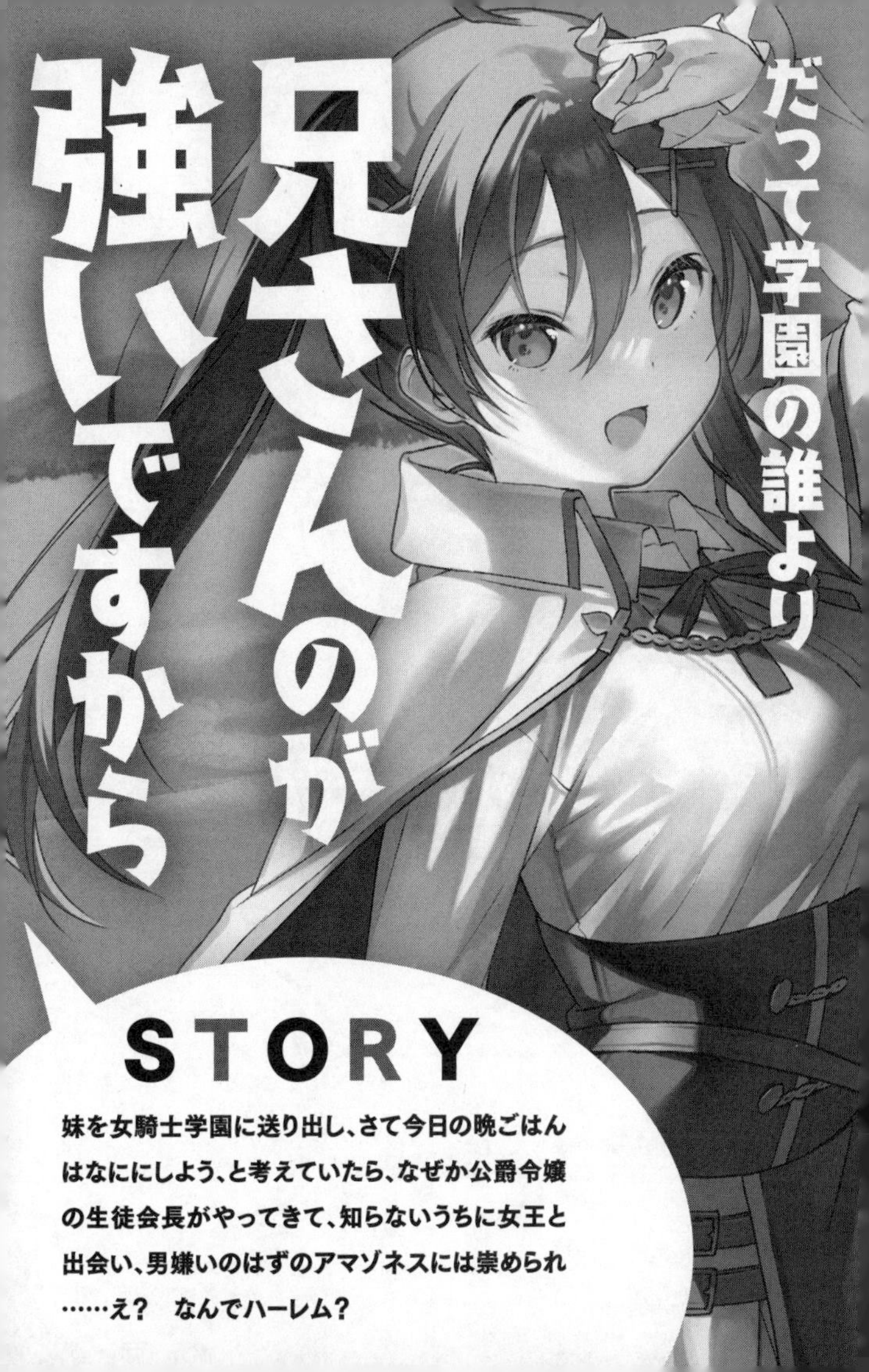
だって学園の誰より
兄さんのが
強いですから

STORY

妹を女騎士学園に送り出し、さて今日の晩ごはんはなににしよう、と考えていたら、なぜか公爵令嬢の生徒会長がやってきて、知らないうちに女王と出会い、男嫌いのはずのアマゾネスには崇められ……え？　なんでハーレム？

ティナ
四大公爵家のひとつ、ハワード家に生まれた公女殿下。なぜか誰でも扱える程度の魔法すら使うことができない。
変える
はじめましょう
アレン
公爵令嬢ティナの家庭教師を務めることになった青年。魔法の知識・制御にかけては他の追随を許さない圧倒的な実力の持ち主。
発売中!